「ボクは闇の神レムン。
起きてよ、ボクの巫女さん」
「人違いです」
AKUYAKU REIJO LEVEL 99
悪役令嬢レベル99
その3
～私は裏ボスですが魔王ではありません～

「邪魔はいたしませんから、
パトリック様と食べさせ合いっこをして欲しいですわ」
エレノーラ・ヒルローズ
元・公爵家の一人娘。押しの強い天然。
「レムン君はレベル上限を解放する方法を知っていますか？
レベル上限解放です」
ユミエラ・ドルクネス
乙女ゲームの悪役令嬢にして「裏ボス令嬢」。

「ユミエラ・ドルクネス、貴女《あなた》を排除します」
パトリック・アッシュバトン
辺境伯の次男。ユミエラの婚約者。
サノン
光の神。
「お姉さん、目が怖いよ？」
レムン
闇の神。

世界を滅ぼした並行世界のユミエラが襲来――!!

捻れた空間がゆらゆらと揺れる。

揺れは段々と大きくなり、
空間の歪みから現れたのは……私だ。

「……手荒い歓迎ね」

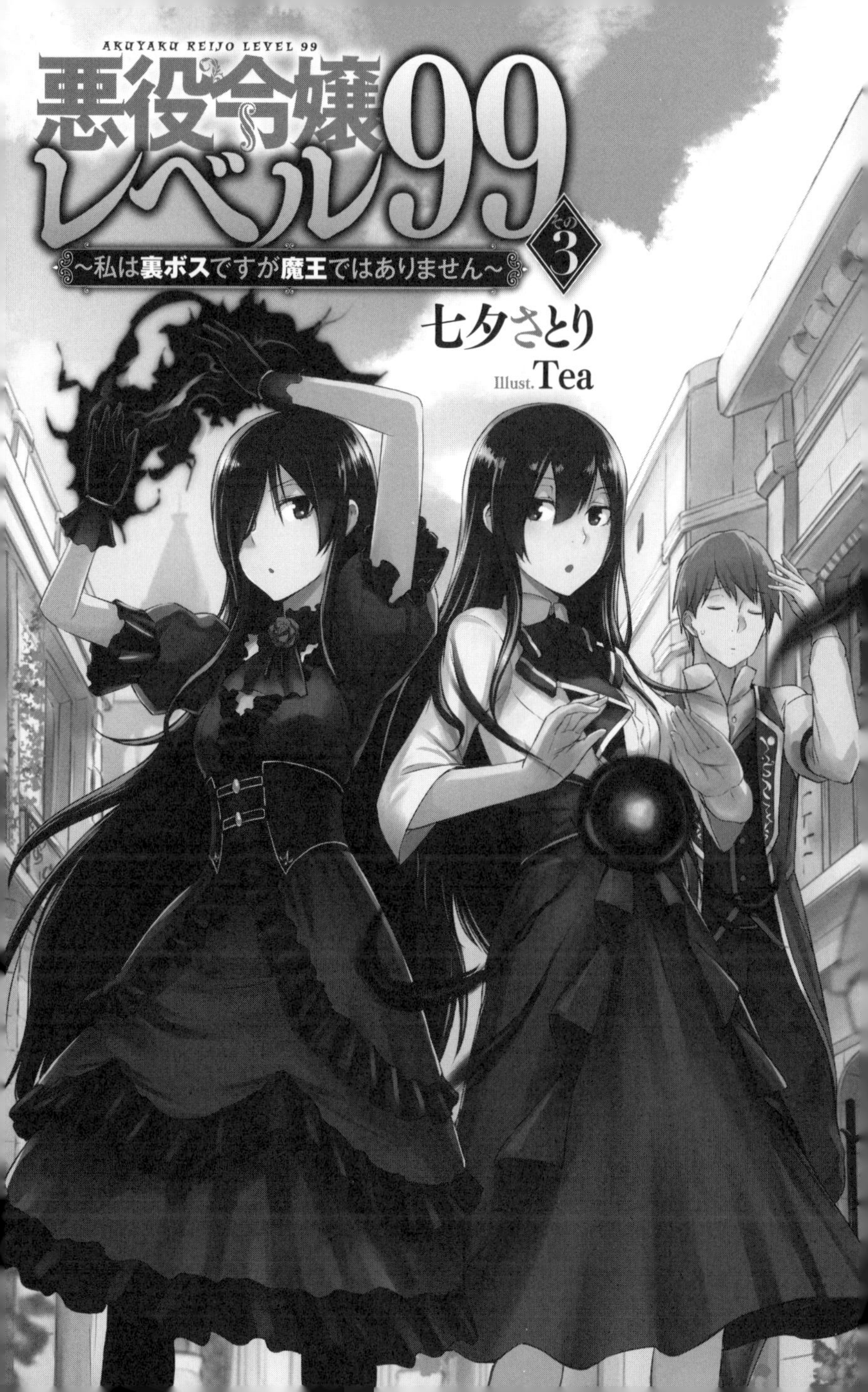
AKUYAKU REIJO LEVEL 99
悪役令嬢レベル99
その3
～私は裏ボスですが魔王ではありません～
七夕さとり
Illust. Tea

口絵・本文イラスト
Tea

装丁
AFTERGLOW

AKUYAKU REIJO LEVEL 99

CONTENTS

プロローグ

王立学園を卒業してから数ヶ月、領主のユミエラ・ドルクネスにも少しずつ慣れてきた。

領主になってすぐは荒れ果てていたドルクネス領も、段々と活気が出てきたところだ。

それらは、皆が協力したからこその成果だと思う。

私の婚約者であるパトリックは、悪い誤解をされがちな私と役人や使用人たちの間を取り持ってくれた。代官のデイモンは、今まで私の両親に邪魔されてできなかった事業をどんどん進めている。ドラゴンのリューは今では街のアイドル的存在だし、空を飛んでいるだけで治安維持に一役かっているようだ。メイドのリタは使用人の取りまとめ役として頑張っている。

そして、領主の私は……ん？　私って何をしたっけ？

事務的なことはデイモンに任せきりだし、対外関係はパトリックが大部分を担っている気がする。

……………あっ！　金だ。ダンジョンに潜って手に入れた資金を、公共事業に湯水の如《ごと》くブチ込んだ。それ以外にも……それ以外には……駄目だ、これといった活躍が無い。書類仕事も承認するだけだったりするし。

「私って、ドルクネス領でいらない子？」

思わず口から出た呟《つぶや》きに、横から反応が返ってくる。

「ユミエラさん？　一人でどういたしましたの？」

「ああ、何でもないです」

ドルクネスの街を並んで歩いている彼女はエレノーラだ。ほんの少し前まで公爵令嬢だった彼女は、ヒルローズ公爵家の取り潰《つぶ》しに伴って我が家に住むことになった。

私とエレノーラは、まあ、友達？　みたいな関係なので、しばらくは面倒を見るくらいはしてもいいと思っている。

そんなわけで、没落令嬢エレノーラは居候状態、つまり私よりも仕事をしていないというわけだ。生粋のお嬢様である彼女に、仕事なんてできるはずがない。

暇な彼女は今日も視察についてきたけれど、特徴もない街だし退屈じゃないかな？

「こうしてユミエラさんと二人でお散歩できて、わたくし幸せですわ」

「エレノーラ様は私が一生養いますからね。仕事とか、一切しなくていいですよ」

誰だ!?　エレノーラちゃんをいらない子扱いしたのは？　我が家で一番いらない子は、どう考えても私だろ。

「わたくし、教会でお手伝いをしていますが……あれはお仕事に入りませんわね」

「えっ？　教会？　サノン教の？」

「はい。そうだ！　今から一緒に行きましょう！」

「教会は遠慮しておきます」

宗教とは距離を取っているので……じゃなかった、エレノーラがそんなことをしていたなんて驚きだ。本当に私って、いらない子なのでは？


ユミエラ不要論について考えながら、ドルクネスの街を歩く。

領主として、街の様子を視察しに行くことは大事だ。大事かな？　やっぱり視察って、偉い人の旅行なんじゃないの？　仕事なんて一つもしてないんじゃないの？　現に、私がそうだ。

何か、何か自分だけができる仕事を探さなければ……そう思っているとエレノーラが声を上げる。

「あっ！　パトリック様ですわ！」

「あれ？　何してるんだろう？」

パトリックは今朝《けさ》、用事があるため出かけたはずだ。私が来る必要は無いと言っていたけれど、彼は一体何をしているのだろうか。

今日のように、行き先を告げずに彼が出かけることは何度かあった。一体どこに？

「エレノーラ様、後をつけますよ」

「面白そうですわ！」

「パトリックは何を？　まさか……浮気？」

「それだけは、絶対にありえませんわ」

エレノーラのパトリックに対する信用がすごい。まあ、私もふざけて浮気って言っただけで、彼のことはすごく信用している。その信用たるや、すさまじいもので、喩《たと》えるなら――

「見失いますわ、ユミエラさん急いで」

「あっ、はい」

幸い、彼は私たちに気がついていない。

街を歩くパトリックを、後ろから尾行する。

そして辿《たど》り着《つ》いたのは街の外縁部だった。

「パトリックはここに用事が？」

「あの小屋は何ですの？」

彼が入った小屋は警備兵の詰め所だ。

なあんだ。普通に仕事か。

警備兵はドルクネス家に雇われている兵士で、主に治安維持など警察のような役割を担っている。詰め所も街中に点在しており、あそこは街に入ってくる人を監視する場所だ。

不審な人物が街に入ろうとしたら、あそこから兵隊さんが出てきて止められてしまうのだ。

余所《よそ》の軍隊の侵攻に対応するのは難しいかな。うちの警備兵はあまり強くないと小耳に挟んだことが……と考えて、私はあるアイディアが思い浮かんだ。

私にしかできない役割を思いついたのである。

私は堂々と歩き、詰め所に向かう。後ろからエレノーラもついて来た。

「あれ？　もう尾行は終わりですの？」

「終わりです。私は、私の為《な》すべきことを見つけたのです。私は、それをするため、ドルクネスの領主になったのです」

もっと早くに気がつくべきだった。警備兵の人と会えば気がつきそうなものだが……そうか、そう言えば、私は彼らと会話したことがない。書類上は私が雇っているのだから、もっと早くに会いに行けば良かったな。

何故《なぜ》か視察の機会が無かったし、街で警備兵とすれ違うことも少なかった。

……もしかして、兵隊さんに避けられている？　まさかね、街を守る正義の味方が、私にビビるわけがない。

ズカズカと小屋に近づき、勢いよく扉を開ける。

「お邪魔します。領主のユミ――」

「逃げろ！」

中にいたのは七人、パトリック以外は私を見た途端、慌てて裏口に走る。

あ、警備兵たちには避けられてたのね。道理で、今まで遭遇しなかったはずだ。

この詰め所の裏口は狭い。そんな所に大の男が殺到して、スムーズに脱出できるはずがない。渋滞を起こしている彼らに、私は魔法を使った。

「ダークバインド」

彼らの影から黒い手が伸び、体を拘束する。

悲鳴が上がるけれど、安心して欲しい。ダークバインドは、私の魔法にしては珍しく非殺傷性だ。

「ユミエラ、どうしてここに？」

「パトリックの後をつけてきたの」

「すまない、みんな。俺のせいだ」

何故かパトリックは、拘束されている彼らに頭を下げる。

そして、私に向き直り続けた。

「ユミエラと彼らの距離を離したのは俺だ。ユミエラが兵の視察に向かわないように手を回したし、彼らにはユミエラを街で見かけたら逃げるように指示していた」

どうしてそんなことを？　私は警備兵に不利益なことは絶対にしない。

誤解を解こうと、私はここで為そうとしていたことを説明する。

「私はただ、みんなの力になりたかっただけなの。警備兵の皆さんのレベル上げをお手伝いしようと思って……」

実際に会って分かった。うちの警備兵さんたち、弱すぎる。私に勝てるようになれとは言わないが、ダークバインドへの対処くらいはして欲しかった。簡単に拘束されてしまう人たちが守る街など、みんなが安心して暮らせないじゃないか。

それが、私に担える唯一の役割なのだ。

兵全員を引き連れてダンジョンに潜ろう。複数人なら深層にガンガン進んでも大丈夫なはずだ。

身の安全も確保できる。下半身が千切れ飛ぼうと、私が回復魔法で治そう。

私は、レベル上げプランを大まかにプレゼンする。

パトリックは大きなため息をつき、警備兵たちはガタガタと震えだし、遅れて入ってきたエレノーラは詰め所の中を興味深そうに眺め回している。

パトリックは私の目を見て、言い含めるように口を開いた。

「だから俺は、ユミエラと彼らを引き合わせたくなかったんだ」

「どういうこと？」

「治安維持が任務の彼らに、ユミエラほどの強さは必要ない」

「レベル99になれとは言ってないよ？　ただ、もう少し強い方がいいかなと思って。レベル……50くらいかな？」

確か、王国最強と謳《うた》われていた騎士団長がレベル60くらい。そこまではやりすぎだろうから、50で留《とど》めておこう。ちょっと低いかな？

警備兵たちからは息を飲む音が。パトリックは大きく頷《うなず》く。

「うん、俺の判断は間違っていなかった」

「どうして――」

「分かった、言い方を変える。俺の仕事を奪わないでくれ。役割分担だ、俺のためを思って引いてくれ」

「……パトリックがそう言うなら」

役割分担か。人の仕事を奪うのは良くなかったな。王都でも役職をかけた派閥争いの話はよく聞く。役人でも武官と文官で、自分たちの領分を増やそうと……あ、分かった！

「パトリックが武官で、私が文官なのね！」

「文官？　ユミエラが？」

「え、違う……の？」

「いや、ユミエラは文官だ。誰《だれ》もがそう言うはずだ。皆もそう思うよな！」

パトリックが警備兵たちに同意を求めれば、彼らは口々に領主様は文官タイプだと言う。

そうか、なるほどね。私は領主で文官だったのか！　そりゃあ、軍に口出ししたら嫌われる。

でも一応、警備兵は私の指揮下にあるからね。これが文民統制ってやつか。また一つ賢くなった。


帰り道、三人で並んで歩く。

文官とか武官とか、エレノーラには難しかったかもしれない。楽しそうに詰め所を見学していたけれど、謝っておこう。

「ごめんなさい、エレノーラ様はつまらなかったですよね？　文官やらの話をして……」

「楽しかったですわ。ただ、お話を聞いてわたくしが思ったのは、ユミエラさんよりデイモンの方が文官っぽいなあ……と」

「確かに」

デイモンは根っからの官僚タイプというか、私の数百倍は文官の肩書が似合う男だ。税の管理であるとか、事業の計画であるとか、文官っぽいこと全部を彼が取り仕切っている。

……ん？　じゃあ私は文官の仕事してない？

パトリックは悩ましげに頭を押さえる。

「都合のいい嘘《うそ》は、思わぬ所から露見するものだな」

私の存在意義がまた分からなくなった。いらない子から脱却するため、やはり警備兵のレベル上げを強行すべきか。

隣を歩く彼は、私が頭を悩ませていることを察したようだ。

「ユミエラは、何をそんなに悩んでいるんだ？」

「私って、この領に不要なんじゃないかと思って。パトリックみたいに兵の訓練とかに関わってないし、デイモンみたいに税の管理はできないし、リタみたいに屋敷の家事もできないし、リューみたいに飛べないし、エレノーラ様みたいに……うん、まあ、うん」

「そんなことはない。ユミエラにしか出来ないことはいくらでもある」

「嘘はつかないで！　私なんて、ただ世界一強くて、お金を沢山持っているだけじゃない！」

「その二つがあれば十分では？　……まあ、ユミエラはそれで納得していないのか」

パトリックは苦笑して続ける。

「俺もデイモンもリタも、リューやエレノーラ嬢だって、ユミエラがいなかったら、ここにはいなかったんだ。ユミエラがいるからこそ、皆はドルクネス領のために頑張れるんだ」

彼の言葉が胸に沁《し》み込む。心がポカポカと温かくなってきた。

「本当?」

「ユミエラは必要だよ。皆がユミエラを必要としている」

「わたくしも！　ユミエラさんがいないと嫌ですわ！」

右を見ればパトリックが、左を見ればエレノーラが、屋敷には他のみんなが待っている。

昔は一人ぼっちだった私が、こんなにも沢山の人に囲まれている。こんなに幸せなことはないし、この最強メンバーを集めたのが私だと思うと、とても誇らしい。


そうだったのか。ありがとうパトリック。こんな簡単なことに気づけずに悩んでいたなんて。

「ありがとう、私の強みは……人を引き寄せる溢《あふ》れんばかりの人徳ってことね」

「……それは違うと思う」

私に人徳は無いっぽい。まあ、人徳のある人は各所で魔王呼ばわりされたりしないか。

結局やるべきことは見つからなかったけれど、私が素敵な人たちに囲まれていることは分かった。

レベル99の力でみんなを守れたらいいなと思いつつ、いつもの一日が過ぎていく。

一章　裏ボス、闇の神と出会う

「ボクは闇の神レムン。起きてよ、ボクの巫女《みこ》さん」

「人違いです」

　一面が真っ黒な空間、黒髪の少年が人懐っこい笑みを浮かべている。

　彼は私を巫女だと勘違いしているようだ。まあ、清純なイメージとかが共通しているので間違えるのも無理はないかな。

「いやいや、お姉さんは清純って柄じゃないでしょ」

　何だと？　清らかさは持ち合わせているつもりだぞ。清らかすぎる故、私が大陸を統一した折には国名に神聖と付けるレベルだ。

「神聖ドルクネス帝国か…………ん？」

　慣れた自分のベッド、謎の国名を口走ったことで目覚める。帝国は百歩譲って良いとして、神聖はどこから出てきたんだよ。

　うーん、何か変な夢を見ていたような気がする。すごい偉い人と会話する夢だったような……駄目だ。思い出そうとすればするほど、記憶に靄《もや》がかかっていく。

いつもより少し早く目覚めた私は身支度を一人で終え、屋敷の中を散歩する。

思い出せそうで思い出せない夢など、珍しくもなんともない。でもなぜか、私は夢の内容が気にかかって仕方なかった。

「偉い人、王様より偉い人だった気がする。皇帝とか？　だから帝国？」

王国と帝国の何が違うのかはイマイチ分からない。国王と皇帝の偉さランクも知らない。

これだけ鮮明なイメージが残っているのだから、国の長なんかよりもずっと偉い存在が出てきたはずだ。

「……神様くらいしか思い当たらないなあ」

神様から夢のお告げをもらう。あり得ないな。

私は天啓を受けるほど信心深くないし、神の存在すら信じていない。やっぱり、ただの変な夢だったのか。

それに、神様の声が聞こえたとか言い出すのは死亡フラグだ。そう言った人の大半が磔《はりつけ》になって処刑されている。

朝食まで時間があるので、昨日《きのう》終わらなかった仕事を片付けようかなと考えていると、廊下の向こうからエレノーラが歩いてくる。いつも朝寝坊をする彼女がこの時間に起きているのは珍しい。

エレノーラは私を見つけると、小走りで駆け寄ってきて興奮気味に言う。

「ユミエラさん！　わたくし、神様の声を聞きましたわ！」

没落令嬢に死亡フラグが立ちました。

ヒルローズ公爵のクーデター計画が明るみに出て、公爵家は取り潰《つぶ》しになっている。今の彼女は貴族でも何でもないのだ。

明るく振る舞っていたエレノーラだが、心の中ではダメージを負っていたのかもしれない。思い詰めた彼女は過剰なストレスに耐えられず、存在しない神の声に救いを求めたのだろう。

私がもっと彼女に親身になっていれば……。またアホなことを言っていると、適当に流すんじゃなかった。あれは彼女なりのSOSだったのだ。

不憫《ふびん》な彼女を元気づけるために、努めて明るい声で言った。

「……エレノーラ様、王都に遊びに行きませんか？　ドレスでも宝石でも何でも買ってあげますから！」

「わ！　急にユミエラさんが優しくなりましたわ！　神様も当てにできませんわね」

「どういうことですか？」

「神様がユミエラさんに気をつけろと仰《おつしや》ってましたの！」

神が私を警戒している？　彼女の深層心理は私を嫌っているとか？

ええい、エレノーラの幻聴を考察しても仕方がない。出来る限り彼女を楽しませることを考えよう。

「そうだ、王都に行くのですからエドウィン殿下にもお会いしましょう。きっと殿下もエレノーラ様のことを心配しています」

「エドウィン様……」

「そうです。エレノーラ様の大好きなエドウィン殿下ですよ！」


今までのエレノーラは、エドウィン王子の名前を出せばイチコロだった。だから私は、安易に彼の名前を出してしまった。没落令嬢と第二王子、決して結ばれることのない彼の名を。

エレノーラは、わずかに表情を曇らせて淡々と語る。


「それは駄目ですわ。わたくしはもう貴族ではなくて、エドウィン様は王族ですもの。わたくしが想《おも》いを伝えても、エドウィン様が困るだけですわ」

「……エレノーラ様」

「でも大丈夫ですわ！　ユミエラさんがいてパトリック様がいて、今の生活も楽しいですもの！」

そう言ってエレノーラは気丈に笑う。

ああ駄目だ、こっちが泣きそう。想い人を案じて潔く身を引くなんて、エレノーラちゃんがいい子すぎて辛《つら》い。

私が全身全霊を尽くして、彼女とエドウィン王子をくっつけるべきだろうか。

脳内で王子の顔を思い浮かべる……うちのエレノーラちゃんはあげないぞ！　お前にお父さんと呼ばれる筋合いは無い！

「エレノーラ様は私が一生養います！　むしろ私が結婚します！」

「へ？　ユミエラさんのお相手はパトリック様ですわよ？」

「じゃあパトリックと別れます。流行の婚約破棄です」

「な！　何を仰っていますの⁉」

パトリックとはすっぱり別れよう。私のエレノーラちゃんのためだ、仕方がない。

口を手で覆って驚いていたエレノーラは、突然頭を押さえうめき声を上げる。そして周囲をキョロキョロと見回した。

「……あれ？」

「どうしました？」

「今の声、ユミエラさんには聞こえませんでした？」

私には何も聞こえなかった。聴力は私の方が優れているはずなので、彼女の幻聴である可能性が高い。やはり精神的に追い詰められているのか。

話を聞くにエレノーラには「私は認めない、今すぐそちらに行く」という声が聞こえたようだ。

私と彼女の結婚に反対する人物……そうか、あの過保護な父親か。

そんな彼が来るのか……いや、むしろこちらから向かってやろう。貴様の大事な一人娘は私のものだ。ふははは。

「公爵……じゃなかった、エレノーラ様のお父さんにそっくりな人に会いに行かねばなりませんね」

「やった！　お父様に会いに行けますのね！」

あくまでそっくりな人だ。建前上、ヒルローズ公爵は既に亡き人なのだから。彼は各方面から恨まれているので、生存が世間に露見すると色々面倒だ。

私はエレノーラを担いで、屋敷から飛び出した。庭で眠っているリューの元へと走る。

「それじゃあ行きますよ」

「きゃっ！　自分で歩けますわ！　下ろして！」

◆　◆　◆

一時間後、数ヶ月前に出来たばかりの村に私たちは来ていた。

一時間の内訳は、リューを起こすのに五十五分、ここまで飛んでくるのに五分だ。結果論だが走った方が早かった。

わずかに寒かった秋の朝も、今は日が昇り暖かくなってきている。

何度か来ている一軒家まで二人で歩き、私は扉を乱暴に叩《たた》いた。

「出てきてください、領主様のお目見えですよ」

「うるさい！　どうしてお前は私の嫌がることを……エレノーラ！　よく来たね、上がっていきなさい。お茶を用意しよう」

「お父様！」

不機嫌そうに家から顔を出したエレノーラ父は、娘を見た途端に表情をガラッと変える。親子は抱擁を交わし、手をつないだまま家の中へ入っていった。娘さん、もう十九になるんだぞ。ベタベタしすぎでは？

私も二人に続いて家内に入ろうとするが、顔をグリンと後ろに向けた彼に睨《にら》まれる。

「お前はいらん。さっさと帰れ」

「結婚のご報告に来たんですけど」

「結婚？　お前と辺境伯の倅《せがれ》のか？　もう知っているし、祝う気も無い」

「いいえ、私とエレノーラ様の」

「おい！　一体どういうことだ⁉　エレノーラが結婚⁉　相手は誰《だれ》だ！　どこの男だ⁉」

エレノーラを背中に隠した彼に怒鳴られる。あ、娘に男ができたと勘違いしているな。安心して欲しい、相手は私だ。

「だから私ですって」

「は？」

「私とエレノーラ様の結婚だって言ったじゃないですか」

「な……認めん！　認めんからな！」

私の義理の父はワナワナと震えながら言う。

やはり認める気は無いのか。エレノーラの幻聴は彼の強烈な思念を受け取ったものかもしれないな。でも認めてもらう必要ないもんね。この村からおいそれと出られない人に私たちの真実の愛を邪魔することはできない。

「別に認めてもらわなくて結構です。こっちで勝手にやりますから」

「お前はエレノーラに相応《ふさわ》しくないし、悪影響を与える！　もうお前とは引き離すからな！」

彼は玄関先に立て掛けてあった鍬《くわ》を持ち臨戦態勢に入る。私と戦う気か？　いいだろう花嫁は力ずくで奪い取るとしよう。

両者やる気になっているところ、エレノーラがおずおずと声を上げる。

「あ、あの……お父様にユミエラさん？　わたくし、ユミエラさんと結婚なんていたしませんわ」

嘘《うそ》だろ⁉　私たちは臨戦態勢を解いて彼女に注目する。

「ユミエラさんのことは好きですが、そういう好きとは違いますの」

「本当かエレノーラ！　憎きこいつに手篭《てご》めにされたのではないのか⁉」

「されてませんわ！」

エレノーラは顔を赤くして否定する。もしかして……フラれた？

元ヒルローズ公爵が愉悦の笑みを浮かべて私を見る。くやしい。

「ははっ、無様だな伯爵様よ」

「ぐぬぬ……エレノーラ様、旅行に行きませんか？　海の見える観光地に行きましょう。秋ですけど泳がないなら関係ないです」

「やった！　わたくし、海は二回しか行ったことがありませんの！」

私の元へと駆け寄ってくるエレノーラ。ふふんとしたり顔で元ヒルローズ公爵を見る。

彼はおいそれとこの村から出ることはできない。そこで大人しく、私たちが海産物を楽しむ様子でも想像しているんだな。

憎悪に顔を歪《ゆが》める彼だが、すぐに優しい表情に戻って言う。

「エレノーラ、今日はここに泊まっていきなさい」

「やった！　お泊り会ですわ！」

やられた。エレノーラは私から離れて、対戦相手の所へ行ってしまう。向こうが切ってきたカードは、普段から一緒に住んでいるので持っていない。

だが似た効果のカードなら私も持っている。ドロー。

「エレノーラ様、今日はパジャマパーティーをしませんか？」

「やった！　夜遅くまでお話できますわ！」

「エレノーラ、今日は一緒に夕飯を作ろう。ここに来てから幾らか出来るようになったんだ」

「やった！　お父様と一緒にお料理ですのね！」

エレノーラは、私と父親の元を交互に行き来する。

持久戦になってきた。互いに切れるカードは限りがあるが、カードをケチっては即負けだ。手札の中で最強のカードを選択し続ける必要がある。

「エレノーラ様、芋煮会を開きませんか？」

「やった……イモニカイって何ですの？」

「野外で特に美味《おい》しくはない鍋《なべ》料理を作ります」

「……行きたくありませんわ」

何だと⁉　確かにアレはぶっちゃけただの味噌汁《みそしる》だ。しかし、芋煮会を馬鹿にするヤツと醤油《しょうゆ》派は許すなと、魂の奥底から叫びが上がる。

やってみると楽しいんだよ。私はＢＢＱアンチだけど、芋煮会は許している。

父親の所に行ってしまったエレノーラは、お泊り会だとはしゃいでいる。もう大勢は決したか？

エレノーラの好きなもの……。

「そうですか、今日は外泊ですか。いいですよ、私は家でパトリックと二人きり、食べさせ合いっことかしますから」

「あっ！　やっぱりお泊り会はナシにしますわ。お家《うち》に帰ります。もちろん邪魔はいたしませんから、パトリック様と食べさせ合いっこをして欲しいですわ。絶対に、絶対に覗《のぞ》いたりいたしませんの」

勝った。彼女は恋愛イベントが大好物だ。私とパトリックが二人でいると見るや、柱や壁の陰に隠れて、キラキラ輝く熱視線を送ってくるほどだ。

例に漏れず、エレノーラは今日一番のワクワク顔をしている。

「エレノーラ、夕食ではパパがアーンをしてあげよう」

負けを認められない人が苦し紛れの提案をする。父親のアーンとかどこに需要があるんだ？　親友の恋愛模様という最高の餌を用意したのだから、我が親友がそちらに寝返ることなど……。

「やった！　お夕飯はお父様に食べさせてもらえますのね！」

親友は父親側に寝返った。この子の価値観がマジで分からない。

こうなったら次の策は……。

……とエレノーラ争奪戦を繰り広げた私たちは、最終的に決闘をすることになった。

どうして決闘に行き着いたのかは憶《おぼ》えていない。まあ戦争とはそういうものだ。引き金となった出来事は本当に些細《ささい》なこと。そのしばらく前には既に引き返せないところまで来ているのだ。

思い返せば、ここに来た瞬間から決闘になることは決定していたのかもしれない。何度やり直そうとも、この運命は覆せないのだ。

「覚悟はいいですか？」

「ふんっ、高いレベルに胡座《あぐら》をかいていると酷《ひど》い目を見るぞ」

力と力をぶつけ合って、勝った方がエレノーラを手に入れる。単純でいいじゃないか。今までの言い争いが無意味で不毛なものに思える。

家の前、互いに構える私と彼。私は素手、彼は剣を手に持っている。

エレノーラは飽きたと言って、村の散策に出かけてしまった。

私と彼の距離は十歩分くらいだろうか。まあ、私の身体能力をもってすれば詰めるのは一瞬、開戦と同時に世界最強の攻撃をお見舞いする準備は出来ている。

「では、この石が地面に落ちた瞬間から」

「ああ、その時がお前の最期だ」

私は空高くに、手のひらサイズの石を放り上げる。

「エレノーラ様は私の友達なんです」

「エレノーラは私の娘だ」

互いに石など見てはいない。ただ宿敵の目を見つめ合うのみ。

「石が落ちた音が聞こえた瞬間、私の勝ちが決まります」

「ふん、今のうちに好きなだけ吠《ほ》えておけ」

そろそろか。放り投げた石が落ちてくるまでの時間がとても長く感じる。勝負の始まりは、コンマ数秒後に迫っている。

「…………………落ちてきませんね」

「……おかしいな」

二人で空を見上げるが、投げ上げた石ころは見えなかった。あれ？　確かに投げたはずなのに。

仕切り直そうと思い新たな石ころを探していると、後ろから声を掛けられる。振り返るとパトリックがいた。

「あれ？　どうしてパトリックが？」

「はあ……今度は何を始める気だ？」

「公しゃ……彼と決闘をすることになったの」

なぜ？　という顔をしているパトリックに事の始めから説明せねばなるまい。確か最初は……。

「えっと……エレノーラ様と結婚しようと思って。あ、パトリックとは婚約破棄することにしたのね」

「俺の知らないところで婚約が無くなっている」

「それでお父さんのところに挨拶《あいさつ》に来たんだけど、そもそもエレノーラ様に振られちゃって。だから婚約破棄は黙っていれば無かったことになるかなって思ってて」

「俺の知らないところでヨリが戻っている」

「その後、エレノーラ様争奪戦が始まって、決着がつかないから決闘することになったの」

そのエレノーラ様は村の中を散策中だ。自分で言っていて意味不明な状況だと思った。

しかし、どうしてパトリックは私たちの居場所が分かったのだろうか。発信機でも付いているのかと考えていると、彼はその理由を説明してくれた。

「先ほどリューが俺のところに来てな。ユミエラだけでは収拾がつかなくなっていると判断したのだろう」

パトリックの後ろには、屋敷と村とを往復して少し疲れた様子のリューがいた。リュー君がお利口さんすぎる。確かにパトリックが来ていなかったらガチの殺し合いに発展していた可能性がある。

元ヒルローズ公爵は構えていた剣を下ろし、吐き捨てるように言う。

「ふん、お前よりドラゴンの方が理知的だな？」

「いやあ、そんなに褒めないでくださいよ。まだまだ手のかかる子なんですよ？」

リューがお利口さんだと褒められちゃった。誰に言われても嬉《うれ》しいものだなあ。

彼は額に青筋を浮かべてパトリックに目を向ける。

「こいつの管理をしているのはお前だろう？　もう少し責任を持って見張っていたらどうなんだ？」

「いや、まあ……その通りだ。面目ない」

パトリックは申し訳なさそうに言う。あなたが謝る必要なんてないのに。悪いのはおおよそ私でしょ？

それからしばらく、エレノーラに悪影響だとか、エレノーラの身が心配だとか、エレノーラが可《か》哀相《わいそう》だとか、小言を言われ続けた。


ネチネチ公爵から解放されたのは、昼過ぎのことである。

三人で家に帰り、しばらく休んでからの昼食。

パトリックの口に熱々のスープを突っ込む私を、エレノーラがキラキラした視線で見ている。

「熱っ！　熱い！　やめろ！」

今日はゆっくり眠りたい。パジャマパーティーは明日以降に延期してもらおう。

◆　◆　◆

「お姉さんってトラブル体質というか、厄介事を自分から引き込むよね」

「いつも色々と巻き込まれますね。私も困っています」

「原因は大体お姉さんにあると思うなあ」

またこの夢だ。黒一色の空間にいる彼は、闇の神レムンを名乗っていた少年。上から下まで黒ずくめの服は一目で上質な物と分かり、いいところのお坊ちゃん的な雰囲気が感じられる。

どうして起きている間は忘れていたのだろうか。

自称神様な黒髪の少年は、白い歯を見せて笑う。

「昨日《きのう》の夢は思い出した？」

「私が清純か否かという話でしたね」

「……まあ憶えているならいっか」

首をコテンと傾けて笑う彼は可愛《かわい》らしく、とても神には見えない。こういう弟が欲しかった。神様、弟をください。

「それはボクじゃなくてご両親にお願いしたら？」

「やっぱり弟いらないです」

今さら弟ができたら、気まずいにも程がある。現状を受け入れて一人っ子人生を謳歌《おうか》しよう。

……あれ？　弟の話って口に出したっけ？

「口に出さないでも分かるよ。だってここは夢なんだから。夢には本音も建前も無いでしょ？」

「無心無心無心無心無心」

何も考えるな。何も考えるなとも考えるな。心を無にしよう。心を無にしようと思ってもいけない。悟りの境地に辿《たど》り着《つ》けば、心を読む覚《さと》り妖怪《ようかい》も敵じゃない。

無心無心無心無心無心。

「それで無心になれたら苦労はしないよね。……パトリック」

無心無心パトリック好き好き大好きパトリック……まずいぞ、パトリックが私の解脱を邪魔してくる。

いくらパトリックとはいえ、私の前に立ちはだかるなら嫌いに……なるわけないじゃん。大好き。好き好き好き砲、四基十六門斉射！

「……好き好き砲って何？」

「あああああああああ」

レムンからもっともな指摘を受けた私は膝《ひざ》から崩れ落ちる。材質不明の黒い床に何度も頭を打ち付けながら雄叫《おたけ》びを上げた。

早く起きたい目覚めたい。この公開処刑空間から一秒でも早く逃れたい。

◆　◆　◆

うめき声を漏らしながら飛び起きる。私の部屋だ。

額に滲《にじ》んだ汗を拭《ぬぐ》いながら窓を確認すると、カーテンの隙間《すきま》からは優しい光が差し込んでいた。

時間は早朝、今日も早く目覚めてしまったようだ。

ベッドから降り、朝日が差す方向へゆっくりと歩く。

窓を開け放ち、光に目を細めた。冷たく爽《さわ》やかな空気を身に浴びて気持ちがいい。

最悪な寝覚めも、この朝日で差し引きゼロくらいにはなった気がする。それにしても夢に神様とか出てきちゃったよ。私にも死亡フラグが立ったかな？

「……変な夢だったな」

「夢じゃないよ」

「っ！」

背後、しかも至近距離から、確かに声が聞こえた。まだ声変わりをしていない少年の声だ。

すぐさま振り向いて部屋中を見回すが、声の主は見当たらない。

まだ夢の世界にいるのか？　警戒は継続しつつ、自らの頬《ほお》をつねる。

「……痛くない？」

「いや、それはお姉さんの痛覚が死んでいるだけじゃないかな。ボクはここだよ」

また声が聞こえた。私の足元……違う。背に受けた日光で形作られた、私の影からだ。

自分の影をジッと見つめていると、人形《ひとがた》の闇はゆらりと揺れる。水面のように波紋が広がり、影の中から黒髪の少年が現れた。

「現実ではハジメマシテだね、ボクの巫女《みこ》さん。ボクは――」

自分の影から何かが出てくるのには慣れている。

かつて通い詰めていたダンジョンに現れるシャドウアサシンという魔物、あいつは影から出てきて奇襲を仕掛けてくるのだ。慣れないうちは面倒だが、私は条件反射的に対処が可能である。

影から何かが出てきた瞬間、勝手に攻撃を繰り出す。私はそういう体になっている。

当然、影から出現したのが人間にしか見えない少年でも同様だ。全身が影から出きっていない少年の顎《あご》を、私は無意識のうちに蹴《け》り上げた。

「ボクは闇の神……うわっ⁉」

「あっ、ごめんなさい」

ギリギリで力を弱めることができた。

彼は吹き飛んで天井でワンバウンド、そしてベッドに落下する。整った顔はグチャグチャにならずに済んだようだ。セーフ……セーフかな？

顎を両手で押さえながら彼は起き上がり言う。

「いたた……もう、知ってはいたけどお姉さんはちょっと荒っぽいよ？」

「すみません、体に染み付いているので。それで……どなたですか？」

「夢でも自己紹介した通り、ボクは闇を司《つかさど》る神レムンだよ。気軽にレムン君って呼んでね」

そう言って顔を綻《ほころ》ばせる自称神のレムン君。影から出てきた彼が普通の人間とは考えられないし、本当に神様なのか？

神とはどのような存在なのか、なぜ私を巫女と呼ぶのか、影の中に入る技は私もできるのか、聞きたいことが多すぎる。

一番重要なのは、どうやれば影の中に入れるのかだな。それに比べれば他は些事《さじ》だ。

私が質問をしようとすると、部屋の外からパトリックの声が聞こえた。

「ユミエラ起きてるか？　今の音は何だ？」

「あっ、今のはね……」

パトリックはレムンが天井にぶつかった音を聞いたようだ。レムンから色々と話を聞くのに、彼にも同席してもらって……待てよ？

早朝、ベッドには謎の美少年……間違いなく浮気を疑われる。

いくらパトリックに信用されているとはいえ、私はやたらと勘違いされる運命にある。結婚式を控えたこのタイミングで不貞の疑惑が出るのは非常にまずい。

危機的状況に固まった私を尻目《しりめ》に、ドアはゆっくりと動き出す。

「ユミエラ？　入るぞ」

「待って！　今、全裸！」

「なっ⁉」

開きかけていた扉が勢いよく閉まる。よし、しばらく時間は稼げそうだ。

こんなピンチを招いた張本人、レムンは能天気にベッドに座っている。

「どうしたの？　お姉さん、ちゃんと服着てるよね？」

「早く、早く隠れて」

彼をどこに隠そうか。クローゼット？　ありきたりすぎてバレそうな気がする。

どうしてこんなことに。影から人が出てきたなんて信じて……そうか、影だ。影から出てきた少年は影に戻るのが相応《ふさわ》しい。戻るべきところにお帰り。

私はレムンをベッドから引きずり下ろし、自分の影にグイグイと押し付ける。

「ほら、早く影に戻ってください」

「痛い痛い、そうやっても駄目だから！」

渾身《こんしん》の力で少年を影に押し付けるも、床が軋《きし》むだけだ。

勢いが足りないのかな？　彼を掴《つか》んで持ち上げて、思い切り床に叩《たた》きつける。そば打ちのように、何度も何度も何度も。

「えいっ、えいっ、えいっ」

「いたっ、だめっ、やめっ」

黒髪の少年を持ち上げては打ち下ろしを繰り返す。バンバンバンと床が鳴るだけだ。

向きが悪いのかな？　出てくるときは頭からだったから、戻るときも頭から？

私はレムンを逆さまに持ち直し、頭から影に入れようと試みる。振るとおみくじが出てくるやつみたいに、何度も上下させる。力技では駄目なようなので、試行回数を稼ぐしかない。

「戻れ戻れ、戻ってよ、お願いだから戻ってよ」

「………」

駄目だ、全然入らない。

今までの試行錯誤で起きた物音は、扉を隔てたパトリックにも聞こえていたようだ。彼は痺《しび》れを切らして入室してきた。

「おい何の音だ⁉　もう入るぞ！」

「あっ、待って待って」

私を見たパトリックは動きが固まる。

そりゃそうだ。婚約者が寝室で、謎の美少年と二人きり。疑われるのも無理はない。でも大丈夫、やましいことなど一つもないのだ。真摯《しんし》に説明すれば分かってくれるはず。

「違うの！　ほら、レムン君からも説明して」

あれ？　神様、何か喋《しゃべ》ってよ。私が逆さまに掴んでいる彼は、目を瞑《つぶ》って黙ったままだ。こころなしか、ぐったりとしているような？

硬直していたパトリックが言葉を発する。

「ついに、ついにやったか……」

状況的に不貞を疑われるのはしょうがないかもしれない。

だけど彼は「ついに」と言った。いつかやると思われていた。私はそんなに信用が無かったのか。

その事実が重く心にのしかかる。どうしようもないほどに辛くて悲しい。

違うのに。ただの勘違いなのに……。

「ついに……人を殺《あや》めてしまったのか」

「待って、ホントに違う」

◆◆◆

レムンは生きていた。人殺し、ではなく神殺しになってたまるか。神様は殺しちゃ駄目でしょ。

気絶していたレムンが目覚めた後、影に出入りするところをパトリックに見せてもらい、情報共有が出来たところで私たちは彼から話を聞くことにした。

「うーん、どこから話せばいいかなあ」

「決まっています、影に入る方法です。私にも出来ますか？　コツとかありますか？」

「それはボク個人の権能だから。お姉さんはいくら頑張っても無理だよ」

「……そうですか。もう聞きたいことは無いので、帰っていただいて構いませんよ」

私は自分の足元を指差して言う。影に入れないと分かった途端、レムンに対する興味が急激に薄れていった。

冷めた目でレムンを見ていると、彼は上目遣いで見つめ返してくる。

「お姉さんはボクの正体、気にならないの？　神っていうのは疑ってるでしょ？」

「神か神じゃないかで対応は変わらないので」

「お姉さんはボクの巫女さんなんだよ?」

「お姉さんか巫女さんか統一してください」

もうどうでもいい。私は影に入れない、その事実が分かれば十分なのだ。

若干涙目になったレムンを見かねて、パトリックが尋ねる。

「闇の神レムンという名前を聞いたことがないのだが、君は本当に神なのだろうか?」

「だよね、だよね、怪しいよね?」

「影に入れるのだから、ただの子供でないことは分かるのだが……疑って申し訳ない」

「……お兄さんは優しいね」

レムンはパトリックに儚《はかな》げな笑顔を向けながら言った。

二人とも美形だから絵になる。じゃあ私は黙っていよう。私は観葉植物だ。

「お兄さんがボクの名前を知らないのも無理は無いよ。ボクへの信仰は既に失われているから……いや、失われていたから、が正しいのかな」

「今は闇の神の信仰が復活しているということだろうか。ユミエラを巫女と呼ぶことと関係が?」

「鋭いね、その通りだよ。えっと、どう言語化したらいいのかな……信仰パワー? みたいなのが、お姉さんを通してボクに流れてきているんだ」

二人は揃《そろ》って私を見る。いや、そんな教祖様みたいなことしてないから。観葉植物タイム終了。

「私、昨日《きのう》まで神様とか信じてなかったんですけど」

「ボクの信仰が盛んなのはこの近くだし、間違いないと思うよ」

「その信仰が盛んな場所とやらの正確な位置は分かります？」

「もちろん、ここから歩いても行ける距離かな」

間違いなくドルクネス領だ。私の身近に知らない宗教ができているのは嫌だなあ。私自身も何らかの形で巻き込まれているみたいだし。

失われた信仰がなぜ我が領で蘇《よみがえ》ったのか。そもそも、闇の神信仰が途絶えた理由とは？　美少年ぶりで失念していたが、彼が悪い神である可能性もある。

「私からも質問です。闇の神、というのは何なのかを具体的に教えてください」

「抽象的すぎない？　まあいいや。ボクはこの世界が出来たと同時に生まれた六柱の神の一人。闇、夜、月、夢、幻、魔物、ダンジョン……他にも色々あるけど、そこら辺を司《つかさど》る神で――」

「待ってください。魔物の神様ってことですか？　それってもう人類の敵では？」

信仰が途絶えて当然の神様だった。

レムンへの警戒を一段階上げる。パトリックが身構える気配も隣で感じた。

この世界の歴史と魔物は切っても切り離せない。魔物に滅ぼされた国家は数知れず、魔物の出現しない場所を求めて戦争が起こるということが、幾度となく繰り返されている。

レムンはため息をついて、違う違うと手を振る。

「違うよ。魔物とは世界の代謝活動、世界中の魔力を循環させるために必要不可欠な存在なんだ。あれは自然現象の類だよ。世界に水は必要だけど、水害で命を落とす人もいるでしょ」

「世界のために魔物を産み出したと？」

「それも違う。ボクが生まれたときには、世界の仕組みはおおよそ完成していたから。ボクが産み出したのはダンジョンと魔道具くらいかな。魔物を人の寄り付かない地下に集めて、人の手では作り出せない道具を与えて……結構、人間のために頑張ったつもりなんだけどなあ」

レムンは口を尖《とが》らせてそっぽを向いてしまう。その子供っぽい動作も私たちを油断させるためかもしれない。

魔道具はたしかに便利だ。人間が作った魔道具はダンジョン産の物を参考に作っているみたいだし、動力として魔物から採れる魔石が使われている。

彼が私たちの生活を豊かにしていることは間違いない。

しかし、前世の記憶がある私だからこそ分かる。魔道具は人の役に立っていると同時に、科学の進歩を阻害している。この世界の技術は数百年も前から停滞しているのだ。

彼は人のために道具を与えたのだろう。子供を案じる親のように。しかし与えるだけで、子供の成長を邪魔する親は正しいのだろうか。与えるだけの神は人類の敵か味方か。

珍しく難しいことを考えて黙り込んでしまう。パトリックも思うところがあるのか無言のままだ。

そんな私たちを見たレムンは、拗《す》ねたフリを止《や》めて話を続けた。

「それにさ、魔物がいないとレベルを上げるのも難しいでしょ？　体の全《すべ》てが魔力で構成された魔物を倒すからこそ、人は力を得ることができるわけだし」

「レムン君！　疑ってすみませんでした。貴方《あなた》様は素晴らしい神様です。今度、神殿を建てましょう」

そうか、彼はレベル上げの神様だったのか。それならそうと早く言ってくれれば良かったのに。

レムン君マジ神。

科学の進歩？　んなこと知らない。私に関係ない。ぶっちゃけどうでもいい。

膝《ひざ》をついて頭を下げると、パトリックはボソリと呟《つぶや》く。

「ユミエラはそれでいいのか？　……まあ、いつも通りか」

「あ、これがお姉さんの平常運転なんだ」

私ってレベル上げしか考えてない人みたいに思われてたの？　心外です。

いや、そんなことよりレベル上げだ。学園入学時、既に私はレベル99だった。その後はどれだけ魔物を倒そうともレベルは上がらない。レベルの上限は世界の仕様なのだと、私はもう諦《あきら》めていたのだ。

しかし、今になって希望の光が。神様ならレベル上限解放の方法を知っているかもしれない。

「レムン君はレベル上限を解放する方法を知っていますか？」

「……お姉さんのことは今まで見てきたけれど、実際に話してみると圧倒的だね」

「レベル99より上、ありますか？　ありませんか？」

頭を上げて目線を合わせる。真摯に尋ねれば、きっと彼は答えてくれるはず。この純粋な目を見ておくれ。レベルを上げて悪事を働く人間の目じゃないだろう？

「お姉さん、目が怖いよ？」

「レベル上限解放です」

「……色々と方法はあるよ。レベルの枷《かせ》はこの世界の法則、単一世界の内側にだけ作用するものだから——」

私は具体的な方法論を聞いている。世界の法則だとか理論だとかはどうでもいい。

私は黙ってレムンの目を見つめる。彼の黒い瞳《ひとみ》の中には、無表情ながらも凄《すご》みのある女の顔が映っている。

「分かった、言う、言うからそんなに見ないで。でも話には順序があるから世界の仕組みから。……信じられないかもしれないけれど、この世界以外の世界、つまり並行世界が無数に存在するんだ」

「別な大陸、という意味だろうか？」

パトリックが疑問を呈する。私は異世界があることを身をもって知っているが、彼には信じがたい話なのだろう。

「そうじゃなくて、世界の全《すべ》てが複数存在するんだ。太陽も月も大陸も人々も、世界の全てが、決して交わらない場所に確かに存在する」

異世界の話がどうレベル上限解放に関わってくるのかは未《いま》だに謎だが、パトリックを置いてけぼりにするのも忍びない。

彼に異世界を理解してもらうため、私も補足説明をする。

「世界によって大陸の形が違ったり、文明の発達度が違ったり、魔法が無かったり……ですよね」

「違うよ？」

「あれ？」

「お姉さんが言っているのは……異なる世界、異世界ってところかな？　理論上は存在するけれど、ボクの観測範囲外だから、存在するとは断言できない」

そういえば彼は異世界ではなく並行世界と言っていた。なるほど、ファンタジーなやつじゃなくてＳＦなやつか。パトリックを混乱させて申し訳ない。

「分かりました。並行世界、基本はこの世界と同じで、細部に差異がある世界ですね」

「それ！　お姉さんって意外と頭がいいんだね！」

数々のひみつ道具を見て育ったので、ＳＦの基礎知識は持ち合わせている。でもアレに並行世界って出てきたっけ？　もしもボックスとかは並行世界かな。

私たちの会話を聞いて、パトリックも何となくのイメージができたようだ。

「つまり……この世界とほぼ同じ世界が存在し、そこにはこの世界と変わらない人々が暮らしている……で合っているか？」

「そうそう、そんな感じ」

「その世界には俺やユミエラもいるのか？」

「世界の数だけお兄さんも存在する。もちろん、お姉さんも……ね」

なるほど、並行世界ね。異世界があるのだからそういうのがあっても不思議じゃない。

それで、その話がどうレベル上限解放に関わってくるのだろうか。早く、早く続きを。

「さっきも言ったけれど、レベルの枷は単一世界の内部にのみ働く法則なんだ。樹《き》を想像してみて？

無数に分かれた枝の一つがこの世界。枝一本ごとに、お姉さんたちが一人ひとり暮らしている」

「枝一本が単一世界ですか」

「そう。一つの世界にいる間はレベルの枷が働き続ける。その縛りから逃れるには、枝の住民から樹の住民にならないと駄目ってこと」

枝の住民から樹の住民ね。レムンの言い回しは詩的で難解なようだが、すっと頭に入ってきた。

この世界の住民から、無数に存在する並行世界全ての住民になれば……。無理じゃない？

「それって難しくないですか？」

「方法は幾つかあるよ。自分より位階が上の存在、樹の住民を倒すとか」

「位階が上……神様とかですか？　レムン君を倒せばレベル上限が解放されます？」

「ふふっ、試してみる？」

レムンは小悪魔的な笑みを浮かべて言った。

なるほどなるほど、では私のやることは一つだ。

眼前にいる少年に飛びかかろうとしたところ、後ろから羽交い締めにされる。

速すぎる。私が動くのを予期していたのか？　それに押さえつける力が思ったより強い。

「パトリック放して！　そいつ殺せない！」

「死ぬぞ！　早く逃げろ！　もう押さえられん！」

「う、うん」

パトリックの警告を聞いて、やっとレムンが動き出す。なぜか私たちの方に近づいてきて……そうか、影に入って逃げる気か。しかし影は、彼の逃げ道であると同時に私の攻撃の出所なのだ。

「シャドウランス」

レムンが飛び込もうとしている私の影から、無数の黒い槍《やり》が出現する。全ての槍はレムンに殺到。避《よ》ける隙間《すきま》は無い。

勝ちを確信した瞬間、予想外の出来事が起こる。

穂先がレムンに触れたと同時に、シャドウランスは消えてしまった。霧散した闇の魔力は彼に吸い込まれるように消えていく。

「……どうして？」

「ふふっ。闇の神であるボクを、闇そのものであるボクを、闇魔法で傷つけられるはずないでしょ？ああ、焦って損した」

レムンは余裕の笑みを浮かべる。

闇魔法が効かない？　私の最大火力であるブラックホールも無効だろうか。だがまだ諦めない。魔法が効かないなら……。

私を押さえるパトリックの力が強まる。む、彼には気づかれたか。しかしレムンは油断しきっている。今が好機。

「逃げろ！　魔法を無効化したくらいでユミエラが止まると思うな！」

「お兄さん？」

「放してパトリック！　魔法が効かないなら物理で殴る！」

「すっ、すごい力だ」

「うおおおお！　放せえええええ！」

レムンに物理攻撃が有効なことは、パトリックが来る前の一幕で証明済みだ。神様だって殴れば倒せる。

逃げようと私の影に近づいたら蹴《け》ってやるぞと、後ろから押さえられたまま足をばたつかせる。

逃げ場を失ったレムンは、表情を強張《こわば》らせながら言う。命乞《いのちご》いは聞かんぞ。

「ね、ねえお姉さん。愛《いと》しのお兄さんに抱きしめられるのはどう？」

「突然何を……早く逃げろ！」

上擦ったレムンの言葉を聞いて、パトリックは逃げろと怒鳴った。

焦った彼の声が耳元で聞こえる。ああ、優しい声もいいけれど、こういう声もいいな。レムンの身を案じているわけだから、怒っているようで実は優しい声なのだ。

しかも声量が大きめなのが耳元でだ。爆音再生、最高。

よくよく考えてみれば、私は後ろから抱かれている状態だ。今までに無いほどに体同士が密着している。

そんな、小さい子が見ている前で……パトリックって大胆。痛いほどに抱きしめられて……痛くはないな、でもまあ痛いということにしておこう。痛いです。

「……パトリック、そんなに強く抱きしめたら痛いよ」

「は？」

「まだ朝だから、あの、でもあなたがどうしてもって言うなら……」

「ん？」

「でもレムン君が見てるし……恥ずかしいから、こういうのは二人きりのときがいいな」

力を抜いてパトリックに身を委ねると、彼はそろりそろりと私から手を放した。あれ？　ずっとくっついたままでも良かったのに。

振り返ると、パトリックは酷《ひど》く疲れた顔でため息をついた。レムンも同時にため息をつき、音が重なる。雑音を入れるな。

「ふう、ホントに死ぬかと思った」

「すまない。しかし、ユミエラがあれで止まるとは思わなかった」

「ふふっ、お姉さんは好き好き砲を――」

「ああああ！　それで！　レムン君を倒せばレベルアップするというのは本当なんですか」

夢の中の件をバラされそうになったので、大声でレムンの言葉をかき消す。レベル上限解放の話題を蒸し返せば、話は逸《そ》れるはず。

また私が暴れだすのではとパトリックが身構える中、レムンはとびきりの笑顔で言った。

「嘘《うそ》だよ」

「……え？」

「試してみる？　とは言ったけれど、ボクを倒したところでレベルの枷は外れないよ。人が枝の住民なら、ボクは枝の管理人だからね。並行世界ごとに一人ずついる、人間と大して変わらない存在だから」

「レムン君もレベルの上限は99ということですか？」

「そうだよ。単一世界の中だけのか弱い男の子だから」

何だ、暴れて損した。ただ無駄に疲れただけじゃないか、パトリックが。

一番の被害者である彼は疲労を滲《にじ》ませた声で言った。

「レベルがどうとか、強さがどうとか、そういう話題でユミエラに冗談は通じないんだ。これからは控えて欲しい」

「うん、ごめんねお兄さん。まさかここまでお姉さんの理性が吹っ飛ぶとは思わなかった」

二人は揃《そろ》って私を見る。さっきも思ったけれど、私ってレベル上げしか考えてない人に見られてない？　違うのに。

いや、そんなことより今はレベル上限解放だ。

「それではレムン君より……上の位階？　の神を倒せばいいんですね」

「……まだ諦めてないんだ。まあ、そうだけど……。確かにボクより上の位階の神、数多《あまた》の並行世界全《すべ》てに影響力を持つ神は存在する。樹の管理人ってところかな。でもアイツらは滅多に姿を現さないから」

「アイツら？　一応、上司みたいな存在ですよね？」

「……ボクは模範的な神とは言い難いかもしれない。でもアイツらと一緒にされるのだけは嫌だな。お姉さんもアイツらに何か言われても信じちゃ駄目だからね」

「大丈夫です。レムン君の言うことも話半分で聞いていますので」

「……用心するに越したことはないよね。でも本人の前では言わないでね、傷つくから」

レベル上限解放は現実的ではないのかな。レムンより上位の神に会える可能性は極めて低そうだ。

だが待てよ、レムンは「幾つか」方法があると言ったはずだ。

「上位の存在を倒す以外の方法は何ですか？」

「ホント、ぐいぐい来るよね」

「何ですか？」

「分かった。言う言う」

似たようなやり取りをさっきもした気がする。この少年がいちいちもったいぶるのが悪い。

彼は「二つ目の方法」と前置きして語る。

「要するに、単一世界の存在から脱却すればいいんだよ。世界に一人ひとりじゃなくなればいい」

「……並行世界の私を倒せばいいと？」

「その通り。別に全ての並行世界のお姉さんを倒して回る必要はないよ。一人でも倒して、二つの世界にまたがる存在になれば、レベルの枷《かせ》は外れる」

並行世界の私が集まったバトルロワイヤル。最後に残った私が最強の私として君臨する。蠱毒《こどく》みたいな話になってきた。

それはそれで現実味がない。レベル上げのためとはいえ、自分を殺すのはちょっと……。

「それは無理そうですね。レベルのために人は殺せません」

「……え？　さっき本気でボクに向かってきたよね？」

「レムン君は人間じゃなくて神様ですので」

何を当たり前なことを？　人と神は別モノじゃん。

なぜだか心の底から困惑した様子のレムンは、助けを求めるような視線をパトリックに向ける。

「いや、俺も分からない。ユミエラの倫理観は理解していたつもりだが……」

「お兄さん、こんな人と結婚する気でいるの？　考え直した方がいいよ」

「それは、しかし……一生面倒を見ると決めたんだ。仕方ない。諦《あきら》めたし覚悟もしている」

お、ちゃんと聞いたぞ。一生を添い遂げる覚悟があるだって。パトリックの愛が重い。もうっ、困っちゃうな。

パトリックが受け止めきれないほどの愛を膨らませてしまったのは、私が原因だ。私が責任を取るべきだろう。はあ、本当に困っちゃうな。……まずい。意識がどこかへ飛んでいくところだった。

この困り事は後でゆっくり考えるとして、今はレムンから話を聞き出すのが先決だ。

「一応、一応ですよ？　一応聞いておきます。どうすれば並行世界に行けますか？」

「ええ、まだ諦めてないんだ……」

レムンもパトリックも呆《あき》れ顔《がお》だ。「一応」という予防線は張ったのに……。

もし並行世界への扉が開けるとしたら、折角だし行ってみたい。そして並行世界の自分に会って……そこからはその場で考えよう。向こうの私と協議した上で、悔いの残らない選択をしよう。

しかし、その並行世界の私は「私」なのだろうか。

前世の記憶がある私みたいな私なのか、ゲームのままのユミエラな私なのか。それによってだいぶ話が変わってくる。

そんな仮定も、並行世界に行かねば意味のない机上の空論だ。今までの感じからして、レムンに次元の扉的なモノを開くのは無理そうだ。

「並行世界への移動ね、ボクにはムリ」

「はあ……分かってました」

「並行世界の別なボクとある程度の交信はできるけれど、物理的に世界を行き来するのはできないかな」

案の定の回答だった。あーあ、やっぱり駄目か。

上位の存在には会えそうにない。並行世界の自分にも会えない。明るい未来が閉ざされたような感覚だ。

「その二つ以外に、レベル上限を解放する方法は?」

「諦めが悪すぎる」

「あります?」

「あるかもだけど、ボクは知らない」

期待させるだけさせて、神様は私を絶望の底に突き落としたのだった。

レベル99を超越することは現実的ではないという、絶望的な現実を突きつけられた。

ここまで落ち込んだのは、大好きなゲームの新作に一番好きなキャラが出てこなかったとき以来だと思う。それくらいに多大なショックを受けた。

ベッドに逆戻りし、ゆっくりと座る。ベッドはわずかに沈み込んだ。私の心はもっと沈んでいる。

私のどよんとした雰囲気を感じ取ったパトリックとレムンは、そこまで落ち込むのかと引き気味だ。

そのとき、場の陰鬱《いんうつ》な空気にそぐわない明るい声が聞こえる。エレノーラだ。

「ユミエラさーん？　お部屋にいらっしゃいますの？」

いつも寝坊する彼女が目覚めるくらいの時間になっていたようだ。だいぶ話し込んでしまった。

私は立ち上がり、ドアの向こうに返事をする。

「ここにいますよ」

「ユミエラさんが朝寝坊なんて珍しいですわね」

「早朝から起きてはいたのですよ。それが……」

待てよ。このままだとエレノーラとレムンが対面することになる。何だか面倒な事態になる予感。

「え！　ユミエラさんに弟さんがいましたの⁉」という彼女の驚く声が、脳内で再生された。

そういうのは、レムンから諸々《もろもろ》の話を聞き終わった後でゆっくりとやっていただこう。

「影に」

私がそれだけ言うと、レムンはすぐさま動いた。また床に叩《たた》きつけずに済んで、そこだけは安心だ。

彼が手近にあったパトリックの影に隠れた直後、部屋の扉が開く。

「朝ごはんが冷めて……あら？」

エレノーラは口元を押さえて、私とパトリックを交互に見る。そしてみるみるうちに顔が赤く染まってしまった。

何だろう。黒髪の神様はちゃんと隠したはずなのに。

立っている私と、椅子に座ったパトリック。違和感のない光景のはずだ。

不自然な態度を疑問に感じていたところ、エレノーラは絞り出すように、か細い声で言った。

「あの……お取り込み中でしたら、そう言って欲しかったですわ」

「何の話です？」

「お二人は恋人同士ですから、そういうことをするのも分かりますが……鍵《かぎ》をちゃんと掛けるべきだと思いますの」

「……いや、違いますから」

彼女はとんでもない勘違いをしている。それよりもエレノーラが「そういうこと」を知っていることがショックだ。

嘘だ、嘘に違いない。薄汚れた私が思い浮かべたことと、純真無垢《むく》な彼女が思い浮かべたことは全く別だ。魂を賭《か》けてもいい。ついでにパトリックの魂も賭けよう。

「どちらにしろ違います。パトリックとは少し話していただけです」

「で、でもっ！　ユミエラさん、そんな格好で殿方といるのはちょっと……」

そんな格好？　自分の服装を確認するが、いつもと変わらぬパジャマ姿だ。

水玉模様のズボンにシャツ。それと三角形のナイトキャップ。起きてから今まで、ずっとこの服装だ。至って健全な寝間着姿のはずだが……。

「そんなに変ですか？」

「寝るときの格好で人前に出るのがはしたないと言いたいのですわ。あと、その帽子は絵本以外で初めて見ましたわ」

なるほど。寝間着で異性と会うのが駄目ってことか。

でもなあ、前世で散々パジャマのままでゴミ出しとかに行ってたしなあ。パジャマと言っても高校のジャージだけど。

誤解を解くのも面倒だ。レムンに聞きたいこともあるし、エレノーラには出ていってもらうことにしよう。

「すみませんでした。ではこれから鍵を掛けて続きをしますね」

「つっ、つづき⁉」

「はい。今までしていたことの続きを始めます。見ていきますか？」

「あ、そんな、あの、えっと……わたくし！　しばらく出かけてきますわ！」

予想通りだ。エレノーラは顔を真っ赤《まっか》に染めて部屋から走り去る。

隙あらば私たちの恋愛模様を覗《のぞ》こうとする彼女だが、いささか刺激が強すぎたらしい。足音が遠くまで行ったのを確認した後、念のため部屋の鍵を閉めた。

「よしっ」

「ユミエラは上手《うま》いこと追い出したつもりかもしれないが、後で余計面倒なことになるだけだと思うぞ」

「パトリックからも否定すれば誤解は解けるでしょ」

「もう手遅れな気がするなあ」

彼は頭を押さえながらボヤいた。そんなに気になるならその場でさっと否定すれば良かったのに。

さてと。エレノーラのことは後で考えるとして、今は闇の神様だ。私はしゃがみ込んで自らの影に話しかける。

「じゃあ続きの話を聞きましょうか。レムン君、出てきていいですよ」

「ふう、もうお姉ちゃんはいなくなった？」

「お姉ちゃん……？　ああ、エレノーラ様のことですか」

「そう。あの過保護なくらいに愛されているお姉ちゃん」

私がお姉さんで、エレノーラがお姉ちゃんか。識別しづらいので、やはり彼女に離席してもらって正解かも。

過保護、というのは父親のことかな。私はそこまで彼女を甘やかしてはいない。ただエレノーラの望みは出来る限り叶《かな》えてあげたいと思っているだけだ。

さてと。レムンから他に聞いておきたいことは何だったかな。まずは入手した情報を整理して……レベル上げ関連の話しか覚えてない。

その前に確か、パトリックが質問をして……そうだ思い出した。ドルクネス領に闇の神信仰が復活したのだった。我が領内に怪しげな宗教が発生しているのは見逃せない。

「とりあえず、レムン君が信仰されているという場所に行ってみましょうか」

「そうだね。ボクの巫女《みこ》さんは神殿を建ててくれるんだっけ？」

「はい？　そんな変な物、建てるわけないじゃないですか」

神殿を建てると言ったのは、レムンがレベル上げを司《つかさど》る善なる神だと勘違いしたからだ。レベル上げの方法をちらつかせて天国から地獄に突き落とす邪悪な神だと分かった今、そんなことをする義理は無い。

シュンと落ち込むレムンを無視していると、パトリックが椅子から立ち上がる。

「出かける前に朝食にしないか？」

「そうだね。じゃあレムン君は影に入ってて」

「ボクは食べさせてもらえないの？」

「エレノーラ様に見つかりますから」

神様ってご飯食べるんだ。レムンを蹴《け》ったり押したりした感触は、人間よりも魔物のそれに近かった。推測だが、彼の体はほぼ全《すべ》てが魔力で構成されている。

だがリューも嗜《し》好《こう》品として食べ物を食べるし、レムンが朝食を要求するのは自然なことかもしれない。

しかし、エレノーラを含め屋敷の人たちにレムンを見られるのは避けたい。彼には影に入ってもらい、ダイニングへと向かう。

パトリックと並び廊下を歩いていると、向こうからリタがやって来た。

「おはようございます。ユミエラ様、パトリック様。朝食の準備は整っております。只今《ただいま》お呼びに向かうところでした」

「おはよう、リタ。エレノーラ様はもう食べてる？」

「それが……何も食べずにお出かけになったようでして……」

リタが窓の外に目を向けたので私もそちらを見ると、この時間はひなたぼっこをしているはずのリューの姿がなかった。

エレノーラは「しばらく出かける」と言っていたが、本当に遠出するとは。部屋から離れてくればくらいに思っていたのに……。悪いことをしてしまった。

「外でお腹《なか》を空《す》かして……大丈夫かな？」

「リューを連れて行かれましたので、安全は確保されていると考えます」

「ああ、リューがいれば平気だろう」

「そうだね。リューが一緒なら大丈夫だね」

三人の考えは一致した。エレノーラが一人で出歩くのは危険だが、リューが同行しているのなら安心できる。

「へえ、お姉ちゃんいないんだ。じゃあ出てきて大丈夫だね」

窓から差し込む日光を遮り、形作られる私の影。そこから声がする。同時に影から現れた黒髪の少年を見て、リタが目を見開いて固まった。

「あー、この子はね」

「おはようメイドさん。ボクは闇の神レムン。気軽にレムン君って――」

「この子は悪い神様だから、言うこと聞いちゃ駄目。屋敷のみんなにも伝えておいて」

「はっ、かしこまりました」

私の声を聞くないなや、リタは足早に離れていく。

言葉を遮られたレムンは不満げだ。

「ちょっと！　ボクが本当に悪い神だと思われたらどうするの⁉　あのメイドさん、本当にみんなに伝えに行ったんじゃない？」

「まあまあ、細かいことはいいじゃないですか。あ、ご飯食べます？」

「食べる！」

神殿建築を仄《ほの》めかしてからの悪神扱い。これが因果応報というやつだ。私と同じ絶望を味わうが良い……と思っていたが、ご飯を食べさせると言った途端にレムンは上機嫌になる。

この神様、チョロいぞ。

幕間一　レムン

「神聖ドルクネス帝国か…………ん？」

睡眠状態から覚醒《かくせい》したユミエラ・ドルクネスが呟《つぶや》く。

自らが発した言葉にしきりに首を捻《ひね》る彼女は、先ほどまでのやり取りを朧《おぼろ》げながら覚えているようだった。

闇の神レムンは苦虫《にがむし》を噛《か》み潰《つぶ》したような顔で言う。

「覚えているんだ。夢を経由しての情報収集は危険かな。現実で会うしか、道は無さそうだね」

人好きのする笑みを常に浮かべている彼だが、今はその面影すらない。

夢の内容を思い出そうとしているユミエラは、レムンの存在に気が付かない。彼は今、影の中から彼女を監視していた。

◆　◆　◆

レムンがユミエラの監視を始めたのは十数年前のことだ。

彼女の名が王国に轟《とどろ》くよりずっと前、ダンジョンを管理する神は異常事態を感知した。

ダンジョンは、世界の魔力循環を補助し、危険な魔物を一箇所に押し留《とど》め、人類に魔道具を授ける意味

……と重要な役割がいくつもある。彼が異常を感知したダンジョンは、危険な魔物を隔離する意味合いが強い所だ。

人間が潜るにはあまりに危険。凶暴な闇属性の魔物、影に潜む悪辣《あくらつ》な魔物、最深部には死の精霊デュラハンが待ち構える。そんな難攻不落の要塞《ようさい》が、幾度となく完全攻略されている。

一回ならまだ理解できる。

歴史に残る英雄クラスの人物が……最低でも四人、彼らが最高の支援を受けて、最大限の準備を整えればダンジョン攻略は可能かもしれない。光属性魔法の使い手がいれば、なお良いだろう。

そんな英傑たちが集ったとて戦いは命がけ。命を賭《と》した、一生に一度の戦い。

いつか世界が終わるまで、二度と現れないであろう英雄たちに、神として陰ながら賛辞を送りたいところだ。

しかし、人間たちがドルクネスと呼ぶ場所にあるダンジョンは複数回攻略されている。


あり得ない、おかしい、何かの間違いだ。

異常事態が発生したダンジョンに向かったレムンが見たのは、一人の少女だった。

年齢は七歳にも満たない、レムンと同じ目と髪の色をした、無表情な少女。

レムンが初めて目にしたユミエラは、デュラハンと対等に渡り合っていた。戦闘が苦手なレムン

では目で追うことすら難しい、苛烈《かれつ》な戦い。

少女の方が優勢に見える。彼女は闇魔法を堅実に当ててジワジワと敵を削り、相手の攻撃は紙一重で回避していく。

「ありえない、本当に人間？」

異様な光景を見てレムンは呟く。

ただの人間の、幼い少女が、装備もろくにせず、しかも単身で。一つだけでもあり得ない要素がダンジョン深層には不釣り合いな幼い少女は、間違いなく人間だ。

もし、これからも成長を続ければ、彼女は人間の域を超えてしまう。いや、もう超えているかもしれない。彼女が見境なく暴れだしたとき、止められる人間はいないのではないか。

いくつも連なっている異質すぎる光景。

嫌な想像が膨らむレムンが見つめる中、戦況に動きがあった。

「あっ、危ない⁉」

影の中、誰《だれ》にも聞こえないにも拘《かか》わらず、レムンは咄嗟《とっさ》に声を上げる。

デュラハンが馬上から振るった斬撃が少女を掠《かす》めたのだ。少女の背丈の倍はあろうかという大剣は、掠っただけで命を削り取る。

吹き飛ばされた少女は、石壁に打ち付けられ倒れ伏す。彼女の右腕は根本から無くなっていた。

「あーあ、死んじゃったか。うーん……でも良かったかもな」

一人の人間の死を目撃して、闇の神が抱いた感情は安堵《あんど》だった。

彼女が世界の敵に回った未来を想像すると、ここで死んでくれたことが最良の結果に思える。

気を取り直して、彼女のような異物が生まれ出た経緯を調べよう。潜んでいた影から出ようとしたところ、違和感を覚える。

「キミ、どうしたの？」

首なし騎士デュラハンの様子がおかしい。馬に跨《またが》る鎧《よろい》の彼は、未《いま》だに臨戦態勢のままだ。

自らの眷属《けんぞく》だからこそレムンは分かった。彼は何かに恐怖している。死そのものである魔物が何を恐れる必要が——

「今のはちょっと、痛かったです」

もう動くことすらないと思っていた少女から、声が発せられた。

見つからないと分かっていても、レムンは影の中で息を殺してしまう。

「んー、腕が無いと歩きづらい」

少女は先の無くなった肩を見て呟く。

失血死してもおかしくない出血量。今も歩くたびに切断面から血が噴き出していた。

口では歩きづらいと言っているが、確かな足取りでデュラハンに近づく。一歩、また一歩。

「あっ、前の左腕に比べて血の量が少ない気がする。心臓が左にあるから？　でも切断面が違うからなあ……」

血なまぐさい独り言の止まらぬ少女に変化が起こる。

切断された肩口が隆起し始め、おぞましい音を立てながら腕が生え出す。

辺りに撒《ま》き散《ち》らされた血液が、アメーバのように動き出し、彼女の右腕に吸い込まれるように集まる。

そして、完全に再生された右腕を伸ばし、人差し指をデュラハンに突きつけた。ダンジョンの暗がり、陰になった顔、瞳《ひとみ》と白い歯だけが不気味に輝く。

「なあ、おまえ、ダンジョンボスだろ、首置いて……首、最初から無かったわ」

◆◆◆

「うわっ、思い出しただけでゾッとした」

あのときのユミエラを想起して、レムンの背筋が冷える。

若干トラウマになっている例の事件以来、彼はユミエラの動向を常に監視していた。

世界を滅ぼしかねない絶大な力を持つユミエラ。世界の管理者たる神が警戒するのも当たり前だ。

昨晩の夢の中で、レムンはユミエラの深層心理に質問をした。「人を殺したいと思ったことがあるか？　世界の破滅を願ったことがあるか？」どちらの質問にも、ユミエラは「いいえ」と答えた。

直後、ユミエラの意識は覚醒に向かい出す。浅くなった眠りの中、夢への介入が感づかれている。

「あーあ、弱みを握るくらいまではやっておきたかったのにな」

これ以上、彼女の心理の奥底に踏み込めば、気取られると同時に拒絶されるだろう。今後はもう気づかれていて、起床後の記憶もある前提で動かねばならない。

心の奥底への問いかけで、ユミエラに悪《あ》しき思惑が無いことは分かった。……今は。

人間はすぐに心変わりする。感情は絶え間なく変化を続けるし、理性はあまりに脆《もろ》い。

「するかしないかより、できるかできないかが問題なんだよね」

ユミエラは悪事を「しない」かもしれない。しかしユミエラは悪事が「できる」のだ。それも極大の悪事を、世界全体を巻き込んだ騒動を起こせる。彼女が悪意を持って行動すれば、世界の滅亡すらありえる。

「ありえる……じゃないか。もう憶測の域を出てしまった。ボクも死んでしまったわけだし」

今、間違いなく生きているレムンは、影から影へと移動を始めた。

長年ユミエラを監視するに留めていたレムンがユミエラに接触を図ったのには理由がある。もう手段は選んでいられない。どんな汚れた手を使おうとも、レムンには世界を守る使命があった。

レムンは協力を仰ごうと、別の神の元に向かっている。彼女ならレムンが焦る理由も分かるはずだ。

その神こそユミエラの天敵。

「アイツがいれば、あの強大な力に対抗できる」

何としても目的を果たすと、レムンは今一度決心した。

二章　裏ボス、光の神に襲われる

朝食を食べ終えた私たちは、街を飛び出し街道を歩いていた。

目的地へはリューと向かう予定だったが、あいにくエレノーラと一緒に遠出の最中だ。それほどの距離ではないので、たまには歩くのも悪くない。

最近になって分かってきた。デートとは男女が並んで歩く行為のことを指すのだ。だから二人で歩いている今の状況は間違いなくデート。

しかし残念。そんなラブラブイベントを邪魔する声が足元から聞こえる。

「方向はバッチリ！　迷わずに辿《たど》り着《つ》けそうだね」

「それは何よりです」

歩くことすら嫌がったレムンは、またしても私の影の中に潜んでいる。

闇の神の信仰が復活したという場所。レムンが示した方向と距離は、ドルクネスの街にほど近い農村をピタリと当てていた。

本当に徒歩圏内。まさかこんな身近に謎の新興宗教が出来ているなんて……。

そんなことを考えているうちにもう到着だ。

広がる麦畑の中に、ぽつねんと集落が。

そうか、この村だったか。前に視察したときのことを思い出す。あのときは、私が山の神様だと騒がれて大変だった。

集落の入り口で立ち止まると、ようやくレムンが影から顔を覗かせる。

「さっさと出てきてください。ここで合っていますよね？」

「とりあえずはこの村で合ってるよ」

「とりあえずは？」

「ほら、ボクへの信仰ってこの一帯で盛んになっているみたいだから」

「この村以外にも闇の神信仰が広まっていると？」

えらいこっちゃ。謎の新勢力は秘密裏に勢力図を拡大させていたのか。

まずは住民の事情聴取と考え集落に入ろうとするも、レムンは見当違いの方向に一人で歩いていく。

「どこに行く気ですか？」

「こっちに簡易的な祭祀場《さいし》があるんだよね」

そんな物まであるんだ。驚いてパトリックと顔を見合わせ、すぐに彼の後を追う。

集落の外縁沿いを歩いて丁度半周ほど、街道とは反対側、山の方まで移動した。

ドルクネス領の中に鎮座するこの山は、滅多に人の踏み入らない所だ。深くまで立ち入れば、そこは魔物の領域。たまにはぐれた奴《やつ》が人里まで出てくることもある危険な山だ。

子供の頃《ころ》、私が通い詰めた場所でもある。

「あれだよ」

レムンが指差す先には確かに石造の祠《ほこら》らしき物が存在した。

パトリックの背よりも高い細長い岩。それを彫って形を整え、木製の社で覆っている。建造には多大な労力を要したことだろう。

祠の周りでは村の子供たちが遊んでいた。彼らは私を見ると口々に騒ぎ立てる。

「わっ！　山の神様だ！」

「違うよ、領主様だよ！」

「うわあ、本当に髪が真っ黒」

うわあ。まだ山の神様って呼ばれるのか。

幼少期に山でレベル上げをしていた私は、たまに村人たちに目撃されていたようで、魔物を退治する守り神として認識されてしまったのだ。

領主になった後、村々を回り誤解を解いたはずだったのに……。

しかし丁度よい。子供たちなら隠し事も出来ないだろう。気軽さを心がけて、祠について尋ねる。

「ねえ、みんな。この石の祠って闇の神様の祠で合ってる？」

「やみ？」

「闇じゃなくて山じゃないっけ？」

「あれ、でも山の神様って闇を使って魔物を倒すって……」

どうも彼らは要領を得ない。奇《く》しくも日本語と同じく、この世界の言語でも山と闇の発音は似通っている。それが原因で混乱しているのかな。

すると、一人で祠に近づいていたパトリックが言う。

「これには山の神、と彫ってあるな」

あれ？　じゃあこれはレムンの祠じゃないの？

どういうことだとレムンを見るも、彼はわざとらしく首を捻《ひね》っているだけで言葉を発さなかった。

この神様、微妙に胡散臭《うさんくさ》いんだよなあ。

そこで私は、村の子供たちからもう少し話を聞くことにした。

「それじゃあ、ここ以外で神様を祀《まつ》っている場所ってある？」

「まつって……？」

「あー……この祠みたいな、神様にお願いしたりする場所」

「村長の家にサノン様の祭壇がありますよ」

一番年長に見える子が丁寧に答えてくれた。

サノン教か。光の神サノン、この国で広く信仰されているメジャーな宗教だ。王都の教会にあった光の結界とバトルを繰り広げたことは記憶に新しい。

「それ以外には無い？」

「無い……と思います」

「そう。ごめんね、時間を取らせて」

子供たちは不思議そうな顔をして、互いに顔を見合わせる。そして私たちに一礼し、集落の方へと帰っていった。

どうやら、本当に闇の神信仰は無いようだ。じゃあ信仰が復活したというレムンの言葉は何だったのだ？

「どういうことか説明していただけますか？」

「……多分なんだけどね」

私が睨《にら》みを利かせてレムンを問い詰めると、彼はモジモジと恥ずかしそうにしながら喋《しゃべ》りだす。

「多分だけど……お姉さんに対する信仰が、ボクの方に流れてきちゃったみたいなんだよね」

「……と言いますと？」

「ほら、山と闇って語感が似てるでしょ？　それにお姉さんは闇魔法を操る。この村の人たちは山の神であるお姉さんを信仰すると同時に、闇の神であるボクも信仰していた……みたいな。お姉さんを通してボクに力が来るのも納得だよね。だからボクもお姉さんが巫女《みこ》さんだと勘違いしちゃったというか」

なにそれ。語感が似てて、闇を操るという共通点があるから信仰がレムンに流れた？

とんだ信仰心泥棒だ。私の信徒の信仰心を……いや、そんなものはいらない。もう全部レムンにあげてもいいくらい。

「ええ……何ですか、そのオチ」

「あはは」

もう帰ろう。パトリックに目配せをした後、私はさっさと歩き始める。

「帰りますよ。帰りは自分で歩いてくださいね」

「ちょっと、待ってよ！」


街道沿いを歩き、村からある程度離れた。

時間は正午前。太陽は南の空の高い位置。影が一番小さくなる時間帯だ。

レムンは文句を言いつつも私たちの後ろを付いて歩いていた。影に入ろうと近づいてくれれば、歩くペースを速めて引き離す。

「この辺でいいかな？」

「ああ」

パトリックの了承を得てから、二人で同時に北へ方向転換する。

この辺りは荒れ地。石が転がり、雑草がまばらに生えているだけだ。ここなら「影」が少ない。

「えっ、道から外れてどこ行くつもり？」

レムンが疑問を口にしたところでパトリックと二人振り返る。

彼は間違いなく嘘《うそ》をついている。それに私もパトリックも気がついたから、この場所までやって来たのだ。

「本当のことを教えていただこうと思いまして」

「何のこと？　お姉さんにはホントのことしか喋ってないよ」

「闇の神信仰が復活したのはつい最近、と言いましたよね？」

「……そうだよ」

「しかし、その信仰は山の神……つまりは私が原因だった。私が魔物を倒し、山の神と呼ばれるようになったのは十年以上前です。それと同時に闇の神信仰が蘇《よみがえ》らないとおかしいですよね？」

「……はあ、そんなに警戒させちゃったんだ。それでその位置取り？」

その通り。私たちは北側、レムンは南側。影は北向きに伸びているので、レムンに利用される危険性が少ない。

今のところ分かっている彼の能力は影への出入りのみ。それ以外にも何か隠し持っている可能性があるので油断はできない。

レムンは余裕そうに笑いながら言う。

「そんなに怖い顔で見ないでよ。影の出入りもそんなに便利じゃないよ。入った影からしか出られないし、制約が結構多いんだ」

「それも嘘だな」

パトリックは嘘だと断言して続ける。

「エレノーラ嬢が来たとき、レムンは俺の影に飛び込んだはずだ。しかし次に出てきたのはユミエラの影だった」

「気をつけてたつもりなんだけどなあ。じゃあボクは初めから疑われていたんだ。お姉さんがレベル上げの話に食いついてきたのも、話を聞き出すための演技だったの？」

「……その通りです」

しれっと私が頷《うなず》くと、パトリックに嘘をつくなと横目で睨まれる。

「ボクを闇魔法で攻撃したのも、何が有効かを探っていたんだね」

「……そうです」

「会ってすぐに蹴《け》られたのも、物理攻撃が効くか確認するため？」

「……よく分かりましたね」

パトリックに「こいつマジか」という目で見られるが気にしてはいけない。

こういうときは精神的に優位に立つことが重要なのだ。実際、レムンを蹴ったのは条件反射だし、レベル上げの話に食いついたのは本能だし、闇魔法で攻撃したときは我を失っていた。

「あのメイドさんにボクの言うことを聞くなって命じたのも、そういうことなんだね」

「あ、それは本当にそうです」

あのときは半信半疑だったが、リタにそう伝えて正解だった。この自称神様な少年は怪しすぎる。

物理攻撃は有効、闇魔法無効、闇以外の属性魔法は不明。まだ何かしらの能力を隠し持っている可能性あり。

臨戦態勢に入った私たちを前にしてもなお、レムンは余裕の笑みを浮かべている。いや、その笑みは少し引きつっていた。あんな態度を取っているが、彼も一杯一杯かもしれない。

だからと言って、油断は禁物。

無言の間が数秒。

レムンはゆっくりとした動きで両手を上げる。

「もう降参。お姉さんとお兄さんに勝てるわけないじゃん。本当のこと話すからさ」

「その話が真実であるという確証は？」

「それは……あ、彼女に聞いたら？　丁度来たみたいだ」

レムンはそう言って、私たちから見て左側の何もない場所を指差す。

気を逸《そ》らすつもりか、と言おうとしたところで変化が起こった。

その場所に、どこからともなくまばゆい光が溢《あふ》れ出す。

熱を持った白い光を見て、私はなぜか太陽を連想した。

「何がっ⁉」

あまりの眩《まぶ》しさに、思わず目を覆う。恐らくパトリックも同じ状況だろう。

光は数秒で消えた。

まず確認したのはレムン。彼は逃げずに、元いた場所に留《とど》まっていた。

そして、光が発生した場所。そこにいたのは一人の少女。私と同い年くらいに見える。

白い髪、金色の瞳《ひとみ》。簡素な白いワンピースを着た彼女は、神々しい雰囲気を放っていた。

腰まで伸びる白い髪が日の光を反射して輝いていた。前髪は真ん中で分けられ、広いおでこが露《あら》わになっている。

ゆっくりと私とパトリック、レムンを見回して口を開く。

「ワタシは光の神サノン。ユミエラ・ドルクネス、貴女《あなた》を排除します」

その綺麗《きれい》な瞳は真《ま》っ直《す》ぐに私を見据えていた。

サノンの声色は無機質で平淡だったが、底知れない激情が感じられた。彼女は私に激怒している。光の神様に怒られる筋合いは……ある。教会に伝わる結界魔道具を壊したのは私だし。あとはアリシア関連。

でも何故《なぜ》今更？　今日、今このタイミングで現れたということはレムンと何かしらの関係があるはず。そう思考を巡らせているとサノンは私から目を離し、レムンの方に顔を向ける。

「レムン、貴方《あなた》は何をしているのですか？」

「えへへ、ちょっと野暮用。サノンこそどうしたの？」

「どうもこうもありません！　ユミエラ・ドルクネスは何としてでも排除しなければ」

ん？　二人の目的は関係ないのか？

混乱している間にも事態は進行する。私に向き直ったサノンに、鋭い目で射抜かれた。

「ユミエラ・ドルクネス、覚悟は出来ていますね」

「覚悟と言われましても……何について怒られているのかも分かりませんので。私、何かやりました？」

「白々しいっ！」

サノンが声を張り上げると同時、彼女の露わな額がピカリと輝く。

その光を体中に浴びて……。

「痛いっ！　すごい痛い！　超痛い！」

顔や手など、肌の露出した部分が沁《し》みるように痛む。おでこの光が武器とは思わなかった。

今まで感じたことのない痛みに耐えかねて、私は地面に倒れ転がりまわる。こんなに痛かったのは……前にアリシアに刺されたとき以来だ。光の結界を殴ったときより痛い。

慌てて駆け寄ってくるパトリックの顔が霞《かす》んで見える。

「ユミエラ⁉　大丈夫か、何が起こった⁉」

「もう私は駄目みたい……パトリック、後はお願……い」

「ユミエラ！」

私の肩を抱くパトリックの声が段々と遠くなっていく。ああ、彼が無事で良かった……しかし、なぜパトリックはあの光を浴びても平気なのだろうか。気になって仕方ない。

私はスッと起き上がり、服についた土を払いながら言う。

「パトリックは痛くなかったの？　あの……おでこの光を浴びても」

「お前、結構余裕だろ」

余裕なんてことはない。あれはマジで痛かった。すぐに激痛は収まったから良かったものの、あれを永続的に照射されるのは嫌だ。

あのデコビームは何だろう。私だけをピンポイントに狙《ねら》った光魔法だろうか。

未《いま》だに私を睨みつける彼女に話しかけようとしたところ、横から呻《うめ》き声が。そちらを見ると、地面に倒れるレムンがいた。消えかかっているのか、体がわずかに透けている。

「もうムリ、死んじゃう」

この人が一番影響を受けているのではなかろうか。

パトリックが平気で、私がそこそこダメージ、レムンは今にも消滅しそう。これは、光属性の影響と考えていいだろう。光属性は闇属性の天敵だ。

おでこの輝きにすら極大の光属性が付与されるとは、流石《さすが》光の神様。

おでこビームの第二射が来る前に、パトリックの背中に隠れる。顔だけを出してサノンに質問した。

「本当に心当たりが無いのですが……何か勘違いじゃないですか？」

「本気で言っていますか⁉　人の人生を左右する選択をしておきながら！」

またサノンのおでこがキラリと輝いた。

隠れるのが遅れて光が顔に直撃してしまう。

「わっ！　すごい痛い。顔だけ痛い」

どうも感情が昂《たか》ぶると、サノンはおでこを光らせるようだ。

穏便にいこう。フレンドリーな感じで語りかけて、同級生のお友達感覚で彼女の事情を聞き出そう。私も昔は華の女子高生だったのだ。その記憶を掘り起こせ！

「デコちゃんどしたしー。激おこプンプン丸的な？　一緒にタピって仲直りしよ？　……デコちゃん？」

「デコちゃん⁉　まさかワタシのことですか⁉」

またデコちゃんのデコが光ったが、今度はパトリックの陰に隠れられた。今のは一番光量が多かった気がする。あれに当たったらやばたにえん。

ギャル作戦は失敗か。まあ私って、ああいうタイプじゃなかったからしょうがない。タピオカとか飲んだこと無いし。

次の策を考えていると、パトリックに本気のトーンで心配された。

「ユミエラ、どうした？　光を浴びすぎて、余計に頭がおかしくなったか？」

「今のは作戦……余計にってどういうこと？」

「これからどうする？　一旦《いったん》逃げるか？」

彼は質問には答えずに撤退を提案する。

ここで逃げるのもアリだと思うが、サノンは私たちの居場所を正確に捕捉《ほそく》できているはずだ。そうでなければ、こんな辺鄙《へんぴ》な場所にピンポイントで来られるはずがない。

逃げてもすぐに追いつかれるのがオチだろう。ならば立ち向かうしかない。

「逃げても解決しないから。大丈夫、私に任せて」

「そう言うだろうとは思ったが……気をつけろよ。俺は何をすればいい？」

「ここで見てて」

小声での作戦会議を終えた私は、颯爽《さっそう》とパトリックの背中から躍り出る。

そしてゆっくりとした足取りでサノンに近づいていく。驚いて追ってこようとするパトリックを後ろ手で制しながら。

「彼との別れの挨拶《あいさつ》は終わりましたか？　まあ、逃げないことだけは褒めましょう」

「デコちゃん、私が座して死を待つタイプに見えます？」

「デコ……またその名前で！」

サノンの額がまた輝く。私はその光を浴びてなお、歩みを止めずに彼女ににじり寄る。

後方でパトリックが驚愕《きょうがく》の声を上げた。

「なぜユミエラはあの光が平気に⁉」

サノンに驚く様子は見られないが内心ではびっくりしているはず。しているといいな。してもらわないと困る。

何かしましたか？　という風を装って歩き続ける。痛いけど。めっちゃ痛いけど。

これが私の秘策。やせ我慢。

そこまで無謀な作戦でもない。あのデコビームはただ痛いだけ。継戦能力を落とすものではないのだから、私が我慢さえすれば無視して良いものなのだ。

半透明になっているレムンの横を通り過ぎ、サノンに更に近づく。

私は裏ボス。個人に限れば作中最強キャラ。こんな後付設定みたいに出てきたやつに負けるわけがない。

自分を奮い立たせて、自信満々に言う。

「その光は私に通用しませんよ？　まさか私に戦闘で勝つおつもりですか？」

「……ユミエラ・ドルクネス、貴女は勘違いしています」

サノンは心底呆《あき》れた顔で私を見つめる。そして続けた。

「この光はワタシの未熟さの表れ。気の緩みから漏れ出してしまった光です。ワタシ本来の力が、ほんの僅《わず》かに外に出てしまったに過ぎないのです」

「え？」

「これで痛がるような貴女が、ワタシに勝てるとお思いですか？」

「……もっと強い光魔法も出せちゃうと？」

あれ？　これ、今までで一番のピンチなんじゃない？

物理も魔法も隙がないことで有名な私だが、光属性だけには滅法に弱い。四倍弱点どころの騒ぎではないレベルでだ。

「今までの光は魔法ですらありません。では、ワタシの権能の一端をお見せしましょう。……光よ」

これはまずい。全身が凍りつくような感覚に襲われる。このままでは間違いなく死ぬと本能が言っている。

嫌な予感がして頭上を見上げた。しかし空には太陽しか……違う、太陽が二つある。では片方は……。

「やばっ」

地面を思い切り蹴《け》り、真後ろに飛《と》び退《の》く。

濃密な光が降り注いだのはそれとほぼ同時だった。極限まで収束された光は、離れて見ると天を貫く柱のようだ。

余波を食らうのもまずい。

焼け石に水だろうが、シャドウランスあたりを大量に出現させて擬似的な盾に……と考え視線を彷徨《さまよ》わせるが手頃な影がない。誰《だれ》だ、こんな遮蔽《しゃへい》物も影もない所に私を誘導したのは。

もう駄目だ。光の柱の余波で死ぬんだ。死なないかもだけど、絶対に痛い。

攻撃を受ける面積を減らすため、飛び退いた勢いのままに地面に倒れ込んだ。

歯を食いしばって目を瞑《つぶ》る。一思いにやりやがれ。南無。


「……ん？」

コンマ数秒経過したが痛みが来ない。

もしかして痛みを感じる前に昇天しちゃったパターン？

恐る恐る目を開けると真っ暗闇。何だろうと手を動かすと、ひんやりとした土の感覚があった。

これは……死んだと思われて埋葬されたのだな。

折角だしゾンビのふりをして出ていこう。こういう一生に一度あるか無いかの機会は、大事にしていきたい。

両手を前に突き出した状態で起き上がる。埋められた場所は浅かったようで、上体を起こすだけで地上に出ることができた。

「うぼあぁ」

眩《まぶ》しさに目を細めながら周囲を見回す。そこは墓地、などではなかった。

一触即発の雰囲気で向かい合うパトリックとサノン。そこらの幽霊よりも薄くなっているレムン。だよね、そこまで時間経過してないよね。

パトリックは地面から出てきた私を一瞬だけ見て、すぐさまサノンに向き直る。

「どうして出てきた！」

そうか、彼が咄嗟《とっさ》に土魔法で私を守ってくれたのか。そして光の神の目の前に立ちはだかり、今も守ってくれている。

ゾンビの真似《まね》なんてしている場合じゃない。でもお願い、これだけは言わせて。

「かゆ……うま……」

「何だって？」

「大丈夫、もう私の気は済んだから」

土まみれのままパトリックの隣まで移動する。

しかし、彼は私を庇《かば》うように前に出て言った。

「ユミエラは相性が悪すぎる。逃げろ」

「彼女の狙いは私だからパトリックだけ逃げて……って言ったらどうする？」

「逃げるわけがない」

「そういうこと」

サノンは私の天敵と言えるが、だからと言ってパトリックに任せきりにするわけにもいかない。

あの光の柱は高純度のエネルギーも内包しているようで、私たちとサノンの間には赤い円が出来ていた。石や砂が熱されて熔解《ようかい》しかけているのだ。

デコビームでダメージを受けないパトリックでも、あの熱量を食らったら無事では済まない。

彼は深いため息をついた。

「逃げないことは分かっていたが……。仕方ない」

「どうする？　パトリックの魔法は効きそう？」

「分からん。ただユミエラの闇魔法は効果が薄いだろう」

「じゃあ私が前衛で」

「ああ。俺が魔法で援護するから、重い一撃を入れてやれ」

魔法が駄目なら物理で殴るに限る。パトリックに遮蔽物を作ってもらいながら肉薄して、あとは接近戦。

上手《うま》くいくだろうか。何かもう一つ、有利な要素が欲しい。

サノンの気が逸《そ》れるような。空から石が降ってくるとか……ありえないか。

彼女は金色の目を細めて、私たちに手を向ける。

「ワタシに敵《かな》うとは思わないことです。諦《あきら》めたら――」

「きゃああああ」

サノンの言葉を遮るように、頭上から悲鳴が降ってきた。どこかで聞いたような声だ。

真っ先に悲鳴に反応したのは意外にもサノンであった。

「この声は⁉」

彼女は私たちを視界から外し、天を見上げる。

好機だ。だが動こうとした寸前、サノンはこちらに顔を戻す。

「ユミエラ・ドルクネス！　何としてでも受け止めなさい！　エレノーラが降ってきました」

「はい？　エレノーラ様が？　降ってきた？」

あまりに必死なサノンの言葉を聞いて、つい空を見上げてしまう。

天から聞こえる悲鳴の主を視認。長い金髪でドレスを着た少女だ。トレードマークの縦ロールは風圧でほどけている。

どう見てもエレノーラ。なぜ降ってきた。

「きゃああああ」

「あー、ホントにエレノーラ様ですね」

「感心している場合ですか！　ワタシの身体能力では彼女を受け止めきれません。急ぎなさい！」

「そんなこと言って、そこを攻撃する気では――」

「しません！」

サノンが叫ぶと同時におでこも光る。記録更新の輝きだった。

不意を突かれた私は、当然デコビームに射抜かれる。

「痛い痛い痛い」

「ああっ！　ごめんなさいごめんなさい」

サノンは手で額を覆い隠しながら謝る。

無駄なやり取りをしている間にもエレノーラは地面と接近中。

なぜ光の神が彼女の無事を気にかけるのかは分からないが、このままでは誰もが望まぬ展開になる。

サノンは懇願するような目で私を見るが、私はまだ動かない。エレノーラを救うのに適任なのは彼女でもなければ私でもないのだ。

「パトリック！」

「分かっている」

パトリックが空に片手をかざすと同時に、エレノーラの落下速度が緩やかになった。

あれは彼の風属性魔法。目には見えないが、彼女は上向きの風に包み込まれている。このまま少し離れた場所に軟着陸するはずだ。

これで安心だと私は心の中で一息つくが、どうやらサノンの内心は穏やかではないらしい。

「パトリック・アッシュバトン、よくやりました！　ユミエラ・ドルクネス、早くエレノーラを受け止めなさい！」

「もう大丈夫ですよ。フワッと着地して怪我《けが》一つないはずです」

「何を悠長なことを！　ゆっくりとはいえ、地面に叩《たた》きつけられるのですよ⁉」

あれ？　おかしいのって私の方？

少し不安になったのでパトリックに目を向けるが、彼も首を捻《ひね》っていた。だよね、大丈夫だよね。

しかし、サノンは額を両手で隠しながら懇願する。

「お願いです。エレノーラを救えるのは貴女しかいないのです」

「だから……はあ、分かりましたよ」

世界を救って欲しいくらいの勢いに押されて、私はエレノーラを受け止めるために動き出す。

数歩の助走をつけてジャンプ。建物の二階ほどの高さまで来ていたエレノーラを抱きとめた。

そのまま自由落下。両足で大地に着地する。

エレノーラは無事だ。今も元気に悲鳴を上げ続けている。両手が塞《ふさ》がっているので耳を塞げないのが辛《つら》い。

「きゃあああああ！　落ちますわあああああ！」

「あの、もう地面ですよ」

「……あら？　ユミエラさん？　わたくし、助かりましたの？」

エレノーラは周囲を確認し、だいぶ遅れて自分が助かったことに気がついた。

空から降ってきたお姫様に文句を言いつつ、地面にそっと立たせる。

「何がどうなったら空から落ちてくるんですか」

「……死ぬかと思いましたわ」

エレノーラの両足は子鹿のようにガクガクになっていた。ふらついたところを慌てて支える。

彼女の身に何が起こったのかは分からないが、本当に怖い思いをしたのだろう。大気圏突入に耐えられそうな体になった私でも、落ちるのが怖いという感覚は覚えている。

もう安全だよと、危機が訪れても私が守るよと、そんな意味を込めてエレノーラをギュッと抱きしめた。

「いやっほうっ！　生きてるって最高ですわ！」

「……結構、余裕あります？」

「しかも何故か、ユミエラさんにハグしていただけましたわ。空から落ちるのも悪くないかもしれませんわね！」

「あ、大丈夫そうですね」

この人、肉体は弱くともメンタルがやたら強いんだよな。失念していた。

同性とはいえ過剰にくっついているのも恥ずかしい。離れようとしたところで、横から声をかけられる。

「エレノーラとくっつき過ぎです！　早く離れなさい！」

横を向くと、未だに額を両手で隠したサノンが至近距離にいた。

エレノーラを助けろと言ったり、離れろと言ったりと注文が多い。まあ、丁度そうしようと思っていたところなので、素直に離れた。

エレノーラは残念そうな顔をしつつも足取りは確かだ。そしてサノンを見て言った。

「あら？　あなた、どこかでお会いしたことがあるような……？」

「実際に会うのはこれが初めてですね。御機嫌よう、エレノーラ」

「あっ！　その声は神様ですわ！　本当に来てくださいましたのね！」

「今までは会話だけでしたが、こうして顔を見られることを嬉《うれ》しく思います」

エレノーラはこちらに来てからも教会に通うのは欠かさないほど信心深い。……信心深い？　それはさておき、彼女がサノン教の熱心な信徒であることは間違いないだろう。

とはいえ、神と会話したことがあるとは思わなかった。神の声が聞こえるなんて、今朝《けさ》まではありえないことだと思っていたし。


そうだ思い出した。昨日《きのう》エレノーラは神様の声が聞こえたと言っていた。ユミエラを警戒しろとの声が聞こえたとか。幻聴じゃなかったんだ。

エレノーラと会話するサノンはどこか嬉しそうだった。喜びの感情を堪《こら》えきれないのか、額を押さえる指の隙間《すきま》から光が漏れ出ている。

割って入ったらまたデコビームを食らいそうだなと思いつつも、私は彼女に話しかけた。

「天啓の話は昨日聞きましたよ。エレノーラ様に、私に気をつけるように伝えたとか」

「その通りです。ユミエラ・ドルクネス、貴女はエレノーラと距離を置きなさい」

私の方を向くと同時に、サノンは厳しい表情に一変する。

素直に「はい」とは答えられないな。エレノーラは私が一生養っていくと決めたのだ。

「理由をお聞かせください。エレノーラ様は私の大親友ですよ」

「理由は……色々あります。まず貴女はエレノーラに悪い影響を与えます。あと、エレノーラは貴女の親友である以前に、ワタシの大事な信徒です」

「悪影響なんて与えませんよ。サノン様、どこかの過保護な父親みたいなこと言いますね。あと、親友じゃなくて大親友です」

「今こうやってエレノーラが落ちてきたのも、貴女が原因ではないのですか？　あと、エレノーラとの付き合いはワタシの方が長いです。話しかけたのは昨日ですが」

冤罪《えんざい》をふっかけられた。私がエレノーラを空から突き落とすような真似《まね》をするわけないだろう。

本人に聞けばハッキリすると考えエレノーラを見ると、言い争いを尻目《しりめ》に嬉しそうにしていた。

なぜだろうかと彼女の呟《つぶや》きに耳を傾ける。

「えへへ、大親友……。それに神様とお話が出来るなんて夢みたいですわ……」

「かわいい。彼女、私の大親友なんですよ」

「かわいい。彼女、ワタシの信徒なんですよ」

いやいや、神様と親友なら親友が上でしょと優越感に浸る。

悔しがっている様を眺めようと確認すると、サノンも勝ち誇ったような顔をしていた。

どちらがエレノーラを手にするか決着をつけねば……その前に冤罪を晴らしておくか。

「エレノーラ様、どうして空から？」

「リューに乗って空を飛んでいましたの、そしたら――」

「ほらっ！　あのドラゴンが原因ではないですか。ユミエラ・ドルクネスが悪いです」

エレノーラが喋《しゃべ》り終える前に、サノンが鬼の首取ったりと口を挟む。

そうだったのか、エレノーラはリュー君から落ちて……。ここはリューの保護者である私が責任を取らねばいけないかな。

「飛んでいたら突然、光の柱が現れましたの！　すぐ近くでしたわ！　その光を浴びたリューは痛そうに暴れだしまして……それで振り落とされてしまいましたの」

光の柱というのは、私を攻撃するためにサノンが出したアレだろう。

こいつがエレノーラ落下事件の黒幕か。しかもリューにも痛い思いをさせやがって。

私と同じ闇属性のリューはさぞ痛かったことだろう。余波とはいえ、あの光の柱はとんでもない威力だ。

無事だろうかと、空を見回すと……いた。離れた空からこちらを窺《うかが》っている。普通に飛べているし、痛くてビックリしただけで体は大丈夫そうだな。

目が合ったので、エレノーラは無事だと、怖いなら離れていて大丈夫だと、そんな意味を込めて手を軽く振った。

そして真犯人のサノンに向き直り言う。

「光の柱を出した人が一番悪いですね」

「いや、それは……そもそもエレノーラがドラゴンに乗らなければ……」

「言い訳するんですか？　光の神を名乗っておきながら、恥ずかしくないんですか？」

「でも、ワタシは……」

私がヤクザのように凄《すご》んでみせると、サノンはしゅんと落ち込んだようだ。

更に問い詰めてやろうと一歩詰め寄ると、間にエレノーラが入ってきた。

「ユミエラさん！　神様をイジメるのは駄目ですわ！」

「いや、イジメているわけではなくてですね」

「エレノーラ！　流石《さすが》ワタシの信徒！」

エレノーラが味方と分かった途端に強気になったサノン。彼女は攻守交代とばかりに私に詰め寄る。額を光らせながら。

「だから何度も言っているでしょう。貴女はエレノーラと距離を置きなさい。ワタシの光に勝てるとお思いですか？」

「神様、ユミエラさんと離れる気はありませんわ！」

「エレノーラ様！　流石私の大親友！」

エレノーラは回れ右してサノンと向き合っている。やはり彼女は私の味方だったのだ。しかも上手《うま》いこと陰になってデコビームから守ってくれている。

光の神は途端にしおらしい様子になり、おでこの光も萎《しぼ》むように消えていった。そして悲しげな声色で言う。

「ワタシはエレノーラのためを思って……」

「いくら神様のお言葉でも、お友達とお別れするのは嫌ですわ」

「そんな、貴女は分かってくれると……。エレノーラ、ワタシはただ……」

サノンは目が虚《うつ》ろになり様子がおかしい。

危機感を覚えた私はエレノーラの前に出る。

そしてパトリックの位置を確認。彼はサノンの後方にいた。いつでも挟み撃ちできる場所取りだ。いざとなったら私がエレノーラを退避させ、パトリックが足止めかな。

彼と目でやり取りをしていると、サノンは突然涙を流し始めた。大粒の涙が頬《ほお》を流れる。

「エレノーラはユミエラ・ドルクネスを選ぶのですね……。ユミエラ・ドルクネスと結婚して一生を添い遂げるのですね……。認めません、ワタシは認めませんよ……」

は？　私とエレノーラが結婚？　しないよ？


理由は不明だがサノンは、私とエレノーラが結婚すると信じ込んでいる。

そんなトンチンカンなことを言い出すなんて、頭が大丈夫か心配だ。勘違いにしろ誰《だれ》かのでまかせにしろ、そんな発想が出てくる時点でおかしい。

とりあえず否定しておくかと口を開く。

「あの……しませんよ？」

「え？」

「私とエレノーラ様が結婚するとかあり得ないです。女同士ですよ？　いや、そういう人がいてもいいとは思いますけどね」

「本当……ですか？」

「本当ですわ。わたくしとユミエラさんは普通の親友ですもの」

揃《そろ》って結婚を否定すると、サノンの涙はピタリと止まった。表情にも生気が戻ってきて、光が溢《あふ》れるような笑顔になる。

額からも文字通りに光が溢れ出したので、慌ててエレノーラの後ろに隠れて縮こまった。

「そうですか、そうでしたか。エレノーラは憎き貴女に手籠《てご》めにされたわけではないのですか」

このやり取り、どこかでやった気がする。その前のエレノーラを取り合うアレコレにも既視感があった。

デコビームが収まったのを確認してから、勘違いの真相を尋ねる。

「なぜ私たちが結婚すると思ったのですか？」

「貴女が言ったではないですか」

「え？　いつです？」

「昨日です。忘れたとは言わせませんよ」

昨日、昨日ねえ。今日は朝から色々とあったので随分昔のことのように感じる。

確か朝に、エレノーラが神の声が聞こえたとか言い出したのだ。それは私に警戒しろという内容の、サノンの言葉だと判明している。

そんなこと知るはずもない私は精神が不安定になって幻聴が聞こえたのだと考えて……いい子すぎるエレノーラに心打たれて……一生養うために結婚すると……。

ああ、言ったわ。エレノーラと結婚するって言ってました。そうか、昨日エレノーラ父に会いに行ったのはアレが発端だったのか。今思い出した。

「……言いましたね」

「確かに聞きました。それでワタシは駆けつけたのです。エレノーラを守るため」

「私もエレノーラ様を守るためです。あのときは彼女に幻聴が聞こえていると思っていましたから。元はと言えば、サノン様が悪いですね」

「そ、そんな……いえ、そんなことは無いでしょう。結婚を持ち出す貴女がおかしい」

先ほどのエレノーラ落下事件のように、勢いに押されて納得するかと思ったが、サノンは私の非を断定する。私も私がおかしいと思う。昨日の私は珍しくどうかしてた。

蓋《ふた》を開けてみれば、何ともくだらない出来事だった。まさか最大級のピンチの原因が昨日のアレだとは思ってもみなかった。

そのくだらなさはサノンも感じているようだ。少し前まで敵対していた私たちは視線を合わせ、お互いにため息をついた。


……このまま終わりで良いのだろうか。空からエレノーラで有耶無耶《うやむや》になったが、戦局はサノン有利だったように思える。良くても引き分け。

この私、ユミエラ・ドルクネスがやられっぱなしで良いはずがない。

「じゃあ第二ラウンド開始で」

「はい？」

前とは違い、私たちの距離はとても近い。一歩前進して手を伸ばせば相手に届く間合いだ。

デコビームを始めとする遠距離攻撃にいいようにやられたが、今は接近戦の距離。

サノンはエレノーラを受け止めきれないと言っていた。身体能力の低さをさらけ出すとは不用心だったな。近接格闘なら間違いなく勝てる。

地面を蹴《け》る。おでこのある正面は避けたい。サノンの横をすり抜け、背後に回り込む。

「消えたっ⁉」

「後ろです」

「きゃっ」

私の動きを視認できなかったサノンは隙だらけだった。

彼女の両手首を掴《つか》み、私は後ろに倒れ込む。当然、サノンも一緒に体勢を崩した。

一足先に地面に背中をついた私は、自由になった両足をサノンの膝《ひざ》の裏に持っていき、足を絡めた。

決まった。仰向《あおむ》けで両手足を天に向ける私。ブリッジのような状態で空中に持ち上げられるサノン。日本名、吊《つ》り天井《てんじょう》固め。またの名を――

「おおっとー！　ここでユミエラさんのロメロ・スペシャルが決まりましたわ！」

エレノーラ様、ナイス実況。目が合ったので頷《うなず》いて偉いぞと伝える。

いつの間に移動していたのか、実況の隣には解説のパトリックがいた。彼は驚き顔でエレノーラを見る。

「エレノーラ嬢、今のは？」

「実況ですわ！　技名もユミエラさんに教えていただきましたの」

「……ユミエラが悪影響というのは、あながち間違いではない気がする」

パトリックが解説をサボっている。

抗議の声を上げようとすると、私の真上でサノンが暴れる。でも力が弱すぎだ。自慢のデコピームも天空に放たれるのみで私はノーダメージ。

力で拘束から逃れることを諦《あきら》めたサノンが、今度は騒ぎ出す。

「こらっ！　ユミエラ・ドルクネス！　下ろしなさい！」

「どうですか？　ロメロ・スペシャルって痛いんですか？」

「痛さよりも恥ずかしさが大きくて……ではありません！　今すぐ止《や》めなさい！」

「本当は相手をうつ伏せにして、膝の裏に乗ってからひっくり返るんですけどね……あ、私が解説しちゃった」

解説をクビにするぞとパトリックを見ると、彼の顔がすごいことになっていた。悲愴《ひそう》、憤怒《ふんぬ》、諦《てい》観《かん》、自嘲《じちょう》、悲哀、後悔、不安、憂慮、沈痛、動揺……そんな感情をゴチャまぜにしたような表情。

あー、ちょっとだけやりすぎたかも。筋肉バスターじゃないだけ配慮したのだが、ロメロ・スペシャルも駄目っぽい。今度はジャーマンスープレックスくらいにしておこう。

何だか居たたまれなくなったので、横に放るようにしてサノンを解放する。

涙ぐみながら立ち上がる彼女を見ていると、不思議と悪いことをした気分になってくる。喧嘩《けんか》を吹っかけてきたのは向こうなのだ。今のは正当防衛だった。

「私は勘違いで殺されかけたので、これくらいは許されます……よね？」

「ワタシの非が発端であることは認めますし謝ります。でも、あそこまでの辱めを受けるなんて……」

「……そこまで恥ずかしかったですか？」

「言わせないでください！　それに貴女は殺されかけたと言いますが、ワタシに殺意はありませんでした」

ええ……例の光の柱は殺意が大きすぎる代物だと思うのだが。あれで殺意が無かったは無理がないか？

「アレに直撃したら私でも危ないですよ」

「ただ、エレノーラを誑《たぶら》かす貴女が痛い目を見ればいいと思って……。ワタシは特定の人間に特別な感情を抱くことを自戒しています。別に、エレノーラを特別好いているわけでも、ユミエラ・ドルクネスを嫌っているわけでもないのです」

サノンは真顔でそう言うが、とても信じられない。私は完全に嫌われているし、エレノーラは絶対的に好かれている。

既視感の正体がやっと分かった。サノンとの会話はエレノーラ父との会話にそっくりなのだ。

「なぜ好意を隠すのかは知りませんけど、バレバレですからね」

「本当に違います。ワタシは光の神サノン、太陽の光は全《すべ》ての人々に平等に降り注ぐのです」

ああ、本当にくだらない事件だった。エレノーラちゃんファンクラブの会員が一人増えただけか。

今思い返せば、手がかりは幾つかあった。結婚どうこうのやり取りの直後、エレノーラは「私は認めない、今すぐそちらに行く」との声を聞いていたはずだ。

しかし、時間がかかりすぎなような？

「エレノーラ様に今すぐ行くと言ってから、こちらに来るまで丸一日空いたのは何故《なぜ》ですか？」

「……ワタシは太陽の出ている場所ならばどこへでも自由に行き来できます。昨日は曇っていましたので――」

「昨日は晴れてませんでしたっけ？」

間違いない。雲ひとつ無いとまではいかないまでも、昨日は太陽が出ていたはずだ。

彼女は何かを隠すように視線を逸《そ》らす。

そこで、横から現れたのはレムンだった。生きてたんだ。てっきりデコビームにやられて消えちゃったと思ってた。

「どうせサノンのことだから、何を着ていくか悩んでいたら一日経《た》っていたとかでしょ？」

「ちっ、違います！」

彼の推測をサノンは必死に否定する。

デコちゃんって嘘《うそ》つくの下手《へた》だな。人好きのする笑みを浮かべながら平気で人を騙《だま》しそうなレムンとは対照的だ。

その闇の神レムンを見て、エレノーラは驚きの声を上げる。

「えっ⁉　誰ですの⁉　ユミエラさんの……弟？」

「私に弟はいません」

「じゃあ……お子さんですの⁉」

レムンの髪が黒いというだけで、エレノーラの思考はとんでもない方向にぶっ飛んでいった。こうなることが予想できたから、この二人を会わせたくなかったんだ。

レムンはレムンで、否定せずに小首を傾《かし》げて私を見上げる。

「お母さん？」

「やっぱり！　やっぱりそうでしたのね！」

「違いますから」

私の訂正の声はエレノーラの耳に入っていない。彼女の妄想は更に加速する。私とパトリックを交互に見て顔を赤らめて言った。

「でもお子さんが出来たということは……」

「違いますから」

「でも今朝《けさ》……」

朝、エレノーラを部屋から追っ払うために放置した勘違いが裏目に出た。パトリックが言ったように余計に面倒くさくなってしまった。

レムンの外見年齢は十歳前後、その段階で親子関係はあり得ないことに気がついてもいいと思う。

エレノーラは、ふと首を傾げる。あ、気がついたかな。

「あれ？　ユミエラさんとパトリック様はまだ結婚してませんわよね？　はっ！　もしかして……赤ちゃんって結婚していなくても、ちゅーするだけで出来ちゃいますの⁉」

彼女は世界の真実に辿《たど》り着《つ》いたかのような調子で言った。

ああ、そうか。知らなかったのか。今朝も私たちが部屋に籠《こ》もってキスしていると思っていたのか。

「あの可愛《かわい》い子、私の大親友なんですよ」

「あの可愛い子、ワタシの信徒なのですよ」

私とサノンの声が重なる。そして互いを牽制《けんせい》するように睨《にら》み合った。


第三ラウンドを始めるかと身構えると、パトリックがポツリと呟《つぶや》いた。

「おかしい」

「え？　何が？」

「ユミエラの結婚発言を聞いて、サノン様はすぐ行くと言った。ではなぜ、ユミエラはそんな突拍子もないことを言った？」

「だからデコちゃんの声を幻聴だと思って……」

あれ？　確かにおかしい。

この騒動の始まりは、エレノーラが聞いた「ユミエラに気をつけろ」というサノンの言葉。今まで不干渉を貫き通した彼女が、なぜこのタイミングで行動を起こしたのか。

サノンに理由を尋ねようとするが、その前にレムンが発言した。

「サノンは堪《こら》え性《しょう》が無いからね。お姉さんの非常識さ加減に耐えかねて、大事な大事な彼女に注意を促したんでしょ」

「そうだな。俺は光の神を深く知らない。その説明でも納得はできる」

「……お兄さんは何に引っかかっているの？」

「今、この場にいるのがサノン様だけなら極めて自然な流れだろう。不自然なのはレムンだ。なぜ今日になって、ユミエラに接触した？」

レムンは笑った表情のまま無言で固まる。

サノンの乱入で有耶無耶になっていたが、彼はとても怪しい存在なのだった。闇の神の信仰が復活したというのは与太話だと判明した。

全く別件で登場したと思われた二柱の神。私たちと彼らのファーストコンタクトはどちらも昨朝だ。レムンは私の夢の中に現れ、サノンはエレノーラに声を届けた。

全ての始まりは一体何だ？

問いただすべきは嘘をつけない方の神だ。私はサノンの目を見て言う。

「光の神サノン様にお尋ねします。昨日《きのう》の朝、今まで不干渉を貫いたエレノーラ様に話しかけたのはなぜですか？」

私の真面目《まじめ》な問いかけに、サノンは平淡な声で答える。まるで好きな食べ物を聞かれたときのような、取り留めのないことであるかのような調子で。

「並行世界のユミエラ・ドルクネスが人類を滅ぼしたからです」

衝撃的なサノンの発言に場が静まり返る。私とパトリックは言葉を失い、エレノーラも不穏な雰囲気を察したのか静かにしていた。

私が人類を滅ぼす？　別な世界の私はとんでもないことをやらかしてくれた。そりゃあ神様たちが警戒するはずだ。

「あーあ、サノンは何で言っちゃうかなあ」

「なるほど。レムンが居合わせた理由もそれですか。全体主義な貴方らしい」

「人ひとりの結婚とやらでノコノコ出てくるサノンには言われたくないなあ。それでいて世界の滅亡は一言で済ませちゃうっておかしくない？」

この神様たちは、どうも相性がよろしくないようだ。両者とも不機嫌さを滲《にじ》ませている。

睨み合いから先に視線を逸らしたのはサノンだ。彼女は私を見て言う。

「後のことはレムンに聞きなさい。それではワタシはこれで失礼します」

「神様！　もう行ってしまいますの!?」

「エレノーラ。こうやって直接会うことは、もうないでしょう。ただ、いつでもワタシは貴女を見守っています」

「そんな！　ずっとお祈りしていて、初めてお会いできましたのに！」

サノンは無言でエレノーラに近づき、そっと抱きしめた。すぐに離れて背を向ける。

彼女は現れたときと同じようにまばゆい光に包まれる。

そして、その光が消えたとき、光の神サノンの姿は跡形もなく消えていた。

俯《うつむ》くエレノーラに何と声をかけたものかと悩んでいると、彼女は突然両手を振り上げて大声を出した。

「落ち込んでもいられませんわ！　だって神様が見守ってくださっているのですもの！　わたくし頑張りますわ！　見ていてください！」

一見すると元気いっぱいなエレノーラの目尻《めじり》には僅《わず》かに涙が浮かんでいる。

これからは、見守るだけと祈るだけの、お互いに一方通行な関係に戻ってしまうのだ。彼女がどんな思いで教会に通っていたのかは分からない。信じる神と一度だけ出会えたことは、エレノーラにとってどのような意味を――

「あっ！　神様の声が聞こえましたわ！　頑張って……ですって！」

ええ……。もう一生会話しないくらいのテンションで別れたじゃん。数分どころか数秒前の出来事じゃん。

絶句しているとレムンが堪えきれないように笑い出す。

「ふふっ、サノンって不器用なんだよね。人と親しくしすぎたことが原因で傷ついてから、ずっとあの調子。ああやって人と距離を取ろうとする。どうせ無理なのにね」

明るい声色で喋《しゃべ》っていたレムンは一転、声を低く小さくして続ける。

「個人を見るからああやって悩むんだよね。人という種の全体を見れば楽だろうに……」

「それは、人の名前を口に出さず、お兄さんお姉さんと呼ぶような？」

「……お姉さんの、勘の良すぎるところは嫌いだな」

「個より全を優先する神様として、世界を滅ぼしうる危険因子は見逃せませんよね？」

何となくだがレムンの目的が分かってきた。

並行世界の私が世界を滅ぼしたことを知り、この世界の私を探りに来たのだろう。

もう誤魔化《ごまか》せないと悟ったのか、レムンは仏頂面で口を開く。

「こっそりひそひそ探っていたのに、サノンが全部台無しにしちゃった」

「その前から怪しいとは思っていましたよ」

「ま、ボクの目的はお姉さんの想像通り。こうなったら仕方ない。単刀直入に聞くよ――」

彼の質問内容は容易に想像できた。私に世界を滅ぼす気はない。信じてもらえるかは分からないが、私は「いいえ」と答える他ないのだ。

しかし、レムンが続けた言葉は予想と違うものだった。

「――お姉さんは……一体何者？」

「それはまた、抽象的な。どういう意味ですか？」

「言い換えるならそうだね……お姉さんは本当にユミエラ・ドルクネスなの？」

当たり前だと答えようとして、寸前で留《とど》まった。

私は本来のユミエラとは乖離《かいり》しすぎている。

なるほど。彼の言いたいことが分かった。数多《あまた》ある並行世界の中で私だけがイレギュラーであり、日本から転生したユミエラは私だけなのだろう。

しかし、どう説明したものか。どこまで情報を開示すれば良いのか。

答えに窮した私を見て、レムンは一方的に喋り始めた。

「始まりは一昨日《おととい》の夜。ボクは並行世界の自分と情報をやり取りできるって話したよね？　向こうのボクは並行世界のお姉さんにやられちゃったんだ。サノンに共同戦線を提案したのに……彼女、頑固だから。各個撃破されちゃった」

サノンも倒してしまったのか。並行世界の私、強いな。

不謹慎ながらも感心していると、パトリックが若干の怒りを滲ませて言う。

「レムンはユミエラが世界を滅ぼすと？　ユミエラがそんなことするわけ――」

「するのよ、パトリック。本来の私は世界に牙《きば》を剥《む》くの」

レムンに食って掛かりそうなパトリックを、袖《そで》をちょいちょいと引っ張って引き留める。

困惑するパトリックに、予想通りと口角を上げるレムン。

「お姉さんには心当たりがあるみたいだね」

「ええ。私が答える前に一つ質問、滅びかけの世界は一つだけですか？　その他の並行世界で私は？」

「ボクが死んだ世界は一つだけ。その世界のお姉さんは他よりずっと強いんだよね。他の世界だと、お姉さんは、その……」

「アリシアたち、勇者パーティーの四人組に殺されている？」

「……お姉さんって本当に何者なの？」

見えてきた。ゲームのシナリオを順調に消化し、アリシアたちがラスボスの魔王も裏ボスのユミエラも倒す筋書きが正規ルート。

ユミエラが強すぎたため、裏ボス戦でアリシアたちが敗退、ユミエラを止める手段が無くなり神すらも死に絶えたのが、滅びかけの世界。

この二種類の世界の違いは、裏ボス戦の勝敗のみだ。それ以前はほぼ同じ歴史を辿ったはずだ。

しかし、この世界はどうだろう。私が原因で正規ルートの見る影も無いほどに、シナリオがブレている。

初め、私が世界を滅ぼすのはおかしいと思った。だが違う。おかしいのは、不自然なのは、こうやって平穏に暮らしている私の方だ。

「そうですね。正確には、私はユミエラではありません。その原因も分かっていますし、ユミエラ本来の役回りも承知しています」

「やっぱりね。お姉さんはユミエラと完全に別人だもん」

「ユミエラ？　ユミエラがユミエラじゃない？　何を言っているんだ？」

完全に置いてけぼりになったパトリックが混乱した様子で言う。

……遂《つい》に来たか、彼に前世のことを打ち明けるときが。

話が長くなりそうだ。どこから説明すれば良いのか見当がつかない。

ただ一つだけ。これだけは伝えておきたかった。

「色々と事情はあるけれど、私は私だから」

「……すまない。取り乱した。ユミエラ……お前はお前だ」

幕間二　サノン

バルシャイン王国王都にそびえ立つ尖塔《せんとう》。光の神を信仰するサノン教の教会だ。

塔の天辺《てっぺん》には白い髪に金色の瞳をした少女の姿が。足を宙に投げ出して座る彼女は、王都を行き交う人々を眺めていた。

今も教会ではサノンの熱心な信者たちが祈りを捧《ささ》げている。

それらは全《すべ》て、サノンの耳に入っていた。世界中、無数にいる信者一人ひとりの人柄が分かるほどには、祈りに耳を傾けている。

日々の生活への感謝、愛する人を思っての真摯《しんし》な願い、自らの欲望を満たさんとする俗な願い、不幸を嘆いての神への恨み言……全てを聞いている。全てを心に刻みつけている。

だが彼女は、何もしない。救いを求める声に応《こた》えることもなければ、陰ながら助けることもない。人に決して関わらず、干渉せず。ただ見守る。ただ見届ける。神に祈った彼らの行く末を目に焼き付ける。


サノンの知り合いである信者ゼロ人の神は言う。「そんなの、サノンの信者からしたら、いてもいなくても同じだよね」

「太陽の光は、皆に等しく降り注ぎます」

決まってサノンはこう返すが、ただの言葉遊びや屁理屈《へりくつ》に過ぎないことも理解している。

昔は違った。今では人間と一切の関わりを断ち切ろうとしているサノンだが、昔は関わりのある人間が何人もいた。

その中でも特別思い入れのある少女を思い出す。

「あの子は……あの子に対して、ワタシは何をするべきだったのでしょうね」

孤児である彼女はサノン教の孤児院で育ち、聖職者への道を歩むべく勉強していた。しかし、勉強は苦手で、運動も苦手で、唯一多少は心得のあった光魔法もイマイチ使いこなせていない。でも彼女の祈りは誰よりも純粋で美しかった。

サノンが名乗っただけで神と信じてしまう危うさがあった。それと表裏一体、教えを一切疑わない純真さがあった。

そんな少女がサノンは好きだった。

愛してやまなかった少女は……若くして死んでしまったのだ。

サノンは当時の記憶を掘り起こして瞳に涙を溜《た》める。

少女の最期は、死んだなどという生易しいものではない。彼女は魂の一欠片《ひとかけら》も残さずに消滅したのだ。

バルシャイン王国ができるよりも、ずっと昔の話。

この世界には危機が訪れていた。

このままでは、世界から光は失われ、闇に包まれるだろう。

危機を脱する方法はたった一つ。

少女が犠牲になることだ。世界を救うと考えれば、あまりに小さな代償。

世界のためになるならと、周りのみんなを救えるならと、少女は覚悟を決めた。

「貴女《あなた》が犠牲になる必要はありません」

「ありがとうございます、神様。でもわたし、決めたんです。わたしが死んで、みんなが生きられるなら、それでいいんだって」

「貴女は逃げなさい。後はワタシが何とかします。ワタシは太陽の化身、光の神サノン。これくらいのこと、片手間で解決できます」

サノンの嘘《うそ》は見破られてしまった。

疑うことを知らないと思っていた少女に、精一杯の虚勢を見透かされてしまった。


力ずくで少女を止めることはできた。しかし、それでは世界が滅ぶ。

世界を無事存続させることは可能だ。しかし、それでは少女が死ぬ。


二つの考えに板挟みになったサノンは結局、何もすることが出来なかった。

無力さを痛感する。ただ見守る……いや、見殺しにするだけの神に存在価値など……。

それから、サノンは人と関わることを止《や》めた。親しい人間ができて、もしまた同じ状況が訪れたなら……やはり彼女は何も出来ないだろう。全体のため個人を切り捨てられず、だからと個人を優先することも出来ず……いてもいなくても同じ、無意味な神が誕生した瞬間だ。

サノンは少女の最期を何度も脳内で繰り返す。

世界を救うため、闇に変換され、膨大な魔力に還元された彼女を。あの、おぞましい魔剣に飲み込まれていった彼女を。

忘れたことなど一度もない、少女の最期の言葉を、サノンはそっと呟《つぶや》く。

「みんな生きて……ですか」

小さな声で反芻《はんすう》する。みんな生きて、生きてみんな、と何度も繰り返した。

◆　◆　◆

朝の教会。信者たちの祈りに耳を傾けていたサノンは、招かれざる客の存在に感づく。

「何の用ですか?」

「言わなくても分かるでしょ?」

「協力はしませんよ」

「来るだけ無駄だったか」

ため息をつきながら現れたのは黒髪の少年、闇の神レムンだ。

彼の用件は分かっている。サノンも並行世界の異常を感知していた。

諦《あきら》めの悪いレムンは真剣な面持ちで、改めて言う。

「サノン、キミに協力を仰ぎたい。滅亡した並行世界のユミエラ・ドルクネス、並びにこの世界のユミエラ・ドルクネスを殺害する。二人をぶつけて、弱ったところをサノンが叩《たた》く。勝算は十分あるはずだよ」

「やらないと言っているでしょう。人同士の諍《いさか》いに口を出す気はありません」

「世界が一つ、無くなっているんだよ？　人の争いの範疇《はんちゅう》を超えている」

「規模が変わろうと同じことです」

サノンとレムンは滅法相性が悪かった。どこまでも世界全体の利益を追求するレムンに、個々の人間を見守るサノン、二人の考えが一致することはまず無い。

レムンは馬鹿らしいとため息をつき、意地悪そうな顔で言う。

「このままだと、みんな死んじゃうんだよ？」

「だから、彼女を殺せと？」

「このままだと、サノンお気に入りの彼女も、不幸な目に遭うだろうね。ボクも驚いたよ。彼女、あの子にそっくりだもんね」

「……黙りなさい」

サノンは深呼吸をして感情を落ち着ける。

脳裏に浮かぶのは彼女の顔だ。例の少女に瓜二《うりふた》つな金髪の彼女は今、ユミエラの家に住んでいる。

「エレノーラ……だっけ？　彼女とユミエラ・ドルクネスが親しい状況は、サノンとしても好ましくないでしょ？」

「……そんなことはありません。ユミエラ・ドルクネスは、エレノーラの唯一の友人なのですから」

「彼女って人に囲まれていたと思うけれど？　友人なんてたくさんいるでしょ？」

「公爵家が無くなった途端に離れていくような人間を、友人とは呼びません」

エレノーラのために行動すれば良い。そう唆《そそのか》すレムンの言葉を一つ一つ否定していく。

この腹黒い闇の神は、自分の思惑を推し進めたいだけだ。サノンの悩みを解決する意思は微塵《みじん》もない。

「サノンは感情派なんだからさ、自分の思うようにすればいいんだよ」

「どの口が。……あのとき、あの子を逃がそうとしたワタシを引き止めたのは誰《だれ》ですか？」

「あのときと今じゃ状況が違うよ。あの子を救うことと、世界を救うことは両立できるんだから。あのとき救えたのは、どちらか一方だった」

「救われませんよ」

「え？」

「貴方《あなた》のやり方では、ユミエラ・ドルクネスが救われません」

世界の脅威すら救済したいというサノンの発言を受けて、レムンはわざとらしく大きなため息をつく。

そんなに理想を高く持つから、目に見えるもの全てを救おうとするから、全てに雁字搦《がんじがら》めになって何も出来ないのだ。そんな言葉が出かかったレムンは、言っても無駄だと開きかけた口を閉ざした。

「あーあ、完全に無駄足だったなあ……。ボクは明日、ユミエラ・ドルクネスのところに行くつもり」

「そうですか」

「ここに来る前も、夢経由で会話したんだけどね。もう感づかれそうだから、現実で会ってみる」

「貴方は人の感情を逆撫《さかな》でしますから、お気をつけて」

サノンが感情のこもっていない気遣いを見せれば、レムンも無感情に「どーも」と言って影に潜っていく。

自分の目的を偽りユミエラに接触する気でいる闇の神は、去り際に一言。

「サノンはさ、自分で思っている以上に感情的なんだから、行動を起こさないといけない状況がきっと来るよ」


どこまでも不愉快な神だ。長い付き合いで、嫌なところは知り尽くしているはずなのに、サノンは改めて思った。

「ワタシは自戒を守ります。人への干渉はしない。たとえ、エレノーラが命の危機に陥ろうと」

決意を口に出しながら、サノンは信者の祈りを聞き届ける体勢に戻った。

彼女の目と耳は、世界中、太陽光が届く場所全てを、見届け聞き届ける。

ドルクネス領主の屋敷も窓から光が差し込むのだから、当然屋内もサノンの目が届く。平等にしようと努力はしているが、どうしてもエレノーラの様子を多めに見てしまう。今朝《けさ》はつい、彼女に話しかけてしまったのだった。

神の声を聞いたと、嬉《うれ》しそうに語るエレノーラ。それに対してユミエラは――

「はあ⁉　結婚⁉　ユミエラ・ドルクネスは何を言い出すのですか！」

サノンの濁流の如《ごと》き激情に呼応して、教会の頂点から光が溢《あふ》れ出す。

「絶対に許しません！　ユミエラ・ドルクネス、覚悟していなさい！　エレノーラ！　今、行きますからね！」

感情に支配されたサノンは慌てて身支度を始める。

ああ、エレノーラに初めて会うことになる。どうしようどうしよう。服はどれが良いだろうか。

白いワンピースにシワが寄ってないか確認しながら、彼女は教会の屋根を右往左往する。

サノンが身支度を整え、心の準備を終えるまで、あと丸一日かかることになる。

三章　裏ボス、前世の秘密を打ち明ける

夜。長かった一日ももう終わる。

あの後、事情は後で話すとレムンと約束してから別れた。まずはパトリックに打ち明けたいという私のワガママだ。

照明を点《つ》けていない私の部屋は窓からの月明かりで照らされている。

椅子に座って月を眺める私の隣にはパトリックがいた。彼は気遣うように言う。

「今日は色々あって疲れただろうから、また今度でも――」

「いいの。今言わなきゃ。どんどん言いづらくなるだろうから」

今までずっと隠してきた。誰《だれ》にも言わないできた。でも打ち明けよう。タイミングは今しかない。

私の前世の話を、私のルーツを、私の正体を、パトリックに知ってもらう日がついに来たのだ。

信じてもらえないかもしれない、拒絶されるかもしれない、そんな不安に苛《さいな》まれて誰にも言えなかった転生の話。きっと彼なら、信じてくれるだろう、受け入れてくれるだろう。

私は自分で思っていたよりも安心して話を始められた。

「私には前世の記憶があるの。別な世界に生まれて、生きて、死んで……ユミエラに生まれ変わった記憶」

「生まれ変わりか……別な世界というのは？　レムンの言っていた並行世界か？」

「並行世界じゃなくて異世界かな。レムンは並行世界を木の枝に喩《たと》えていたけれど、その喩えに倣うなら根本から全く別な木。世界の法則も、大陸の形も、人類の歴史も、全部が違う世界。私の住んでた世界では魔法も無かったんだよ」

「魔法が無い？　それは……想像もつかないな」

「私からすると魔法がある方が不思議なんだけどね」

「不便ではないのか？」

「科学……あー、魔道具みたいな別の技術があるから向こうの方が便利だったかも」

あれ？　普通に会話しているけれど、あっさり受け入れすぎじゃない？

特に驚いた様子も無いし、思ったのと違う。

「えっと、パトリックは疑ってないの？　突拍子もない話だと思うけれど」

「むしろ納得がいった感覚だな。ユミエラの、その、個性的な所が異世界由来と分かって納得した」

「あ、そうかもね。私の変わってる部分ってそれが原因かも。世界が違えば常識も違うしね」

「そうだな。ユミエラは大変な世界を生き抜いたようだが、この世界は比較的平和だ。少しずつでも慣れていけばいいさ」

パトリックに温かい目で見つめられる。

そうか、この世界は平和なのか。今までみたいな生き方をしなくても……ん？　雰囲気に流されそうになったけど、違うからね。彼の優しさをふいにするみたいだけど言わねばなるまい。

「……こっちの世界の方が物騒な気がする」

「嘘《うそ》だろ？」

「本当だって。世界中が平和……とは言えないけれど、私の身の回りは平和そのものだったよ。日本っていう国に二十年近く住んでいたけれど、命の危険を感じたことは一度もなかったし」

「二十年？　前世のユミエラはそんな早くに亡くなってしまったのか？」

まずい。精神年齢的に私が少しだけ……お姉さんということは最後にサラッと言うつもりだったのに。段取りを間違えてしまった。

二十年とは言ったが、正確には十九年と数ヶ月だ。今の私もそれくらいの年齢、つまり私の正確な年齢は、十九たす十九で……。違うな。私が前世の記憶を思い出したのはユミエラ年齢で五歳くらいのときだ。

十九たす十九ひく五……難しい計算だ。スーパーコンピュータを用いても解けるか怪しい。フェルマーのように後世の数学者を困らせるわけにもいかないので、例の計算式については口に出さないことを決めた。

「ギリギリ二十年は生きてないかな。いや、もっと短かった気もする。うん、もっと短い。本当に一瞬だった。誤差範囲内。実質、生きてないのと一緒かな。私って今はユミエラなわけだし、年齢はユミエラ年齢を参照するのが正しいと思うの」

「ん？　それはどういう……？」

あれ？　パトリックさん気がついてない？　このまま誤魔化《ごまか》せるかな？

いや、別に気づかれてもいいけどね。女性は若ければ若いほどいいなんて頭の悪い人が考えた理論だ。その破綻《はたん》した理論だと、一番可愛《かわい》いのはゼロ歳の赤ん坊ということに……む、赤ちゃんは可愛い。もしかして、例の理論って正しいのかも。

そんな変な考えを脳内で展開していると、唸《うな》っていたパトリックはハッとした様子で閉じた目を見開く。あ、バレた？

「ユミエラはユミエラではない別な人間として、異世界を生きた。その人間のプロフィールはユミエラと全く違う……ここまで間違いないか？」

「うん。……分かっちゃった？　あまり隠すのも良くないよね。私はパトリックの恋愛対象から外れちゃうかもしれないけれど………あはは、言いづらいね」

えへへ、と笑うがちゃんと笑えている自信がない。突然、恋人が倍近い年齢だと判明したとき、普通の男の人はどう思うのかな。

パトリックは、あなただけは信じているけれど、拒絶される怖さは拭《ぬぐ》いきれない。言い出せない私に代わり、パトリックはゆっくりと口を開く。

「まさか……前世のユミエラの性別は……男……だった？」

「女だよ！」

とんでもない勘違いをされていた。マジであり得ない。

私が男だって？　どこをどう見たら男に見えるんだ。外見も内面も完全に女の子だろ！

もしかしてパトリックって、私のことを男っぽいと思っていたのか？

「え、なに？　かつて男だって言ったら信じちゃうの？　私の女子力をその程度だと見くびっていたの？　あ？」

「いや、そんなことはない！　ユミエラは女性らしい。ただ……もしも、ということもあって……」

彼は慌てて否定する。

この件についてガチギレはしない。未来永劫《みらいえいごう》にわたってネチネチと蒸し返すのみだ。死ぬまで根に持つ。事あるごとに蒸し返す。

「別に？　私は全然怒ってないんだけど？　そんな必死になってどうしたの？」

「……ユミエラは男らしいところもあると思う。男友達といる感覚になることもある。それは言いすぎにしても、ユミエラに女性らしさはほぼ無いと思う」

「はい？　先程と仰《おっしゃ》っていることが違いますが？　何が真実ですか？　あなたの言葉は信じられません」

「ただ、ふとした瞬間に、女の子らしい部分が出てきて。……それを常に意識してしまい、気が付いたときにはもう好きで堪《たま》らなく……」

「うひゃほへっ！」

すごい変な声が出た。パトリックはん、うちのこと好きすぎひん？

もう全《すべ》て許す。むしろ乙女成分が極小で良かった。それが無かったら彼はガチ恋していなかった可能性がある。

「うん、まあ、その話はいいの。今も昔も私は女、それだけ分かってくれたら大丈夫」

「ああ、分かった。ユミエラが気にしていたのは年齢のことだったか」

ちくしょう。禁忌である年齢の話題を蒸し返しやがった。性別の話で上塗りできたと思ったのに。可愛いユミエラちゃんが実は男の子でした。可愛いユミエラちゃんが実はすごい年上でした。パトリック的にどちらがショックだろうか。一般的に考えると……うーん悩ましい。

彼は物憂げな表情で口を開いた。

「そうか……ユミエラも歳《とし》を取れば落ち着きが出てくると思ったが……」

「え？　どゆこと？」

「あー、気を悪くしないで聞いて欲しいんだが……ユミエラの変わった部分は幼いときに人付き合いが希薄だったせいだと思っていた。時間が経《た》てば幾らか常識的になると思っていたが……。ああ、まさか前世でも似たような境遇だったのか？　辛《つら》い思い出を蒸し返してしまったのなら――」

「何というか、申し訳ないです」

あー、確かに幼少期に誰とも喋《しゃべ》らなかったら、人付き合いが苦手にもなるか。でも私の人格が形成された幼少期って、前世の方だよなあ。普通に両親と暮らしていたし、普通に友達もいたし。

そこも伝えておくか。不遇な子供時代で歪《ゆが》んでしまったと思われるのも、ちょっと違う気がする。

「私って前世では普通に家族とか友達とかいたからね」

「それは……嘘……か？」

「いやいや、私が事故にあったときも友達と歩いていたから」

「ユミエラが余計に分からなくなってきた」

なんでだよ。あのとき一緒にいた友達は少なくとも私よりは普通の子だった。

位置的に、彼女は無事だったと思うが……。たまに善悪の区別がおかしかったけど、いい子だったな。

なんか疲れてきた。それで……どこまで話したっけ？

平和な世界の住民（十代の女の子）だった私は事故で死んでしまい、この世界にやってきた。

まだこれだけか。一文で済むことに結構な時間を費やしてしまった。

「はあ……ここまでで何か質問は？」

「前にいた世界は平和だと聞いたが、ユミエラが亡くなってしまうような世界なんだよな？　とても平和とは言えないと思う」

「……前世の私って普通の人だったんだよ？」

「ん？」

「え？」

駄目だ。決定的に噛《か》み合わない。言葉って無力だな。

「あのね、前世の私は普通の人だったの。それで自動車……馬車みたいなのに轢《ひ》かれて死んじゃったの」

「ユミエラを殺す……馬車？」

「馬車の死亡事故は、王都とかでたまに聞くでしょ？」

「しかし、ユミエラが？」

手で口元を押さえるパトリックは本気で困惑していると分かる。

これはあれか。私の言う「普通」という単語が暴落していることが原因か。

「前世の私って、多分エレノーラ様より弱いからね。二階の窓から飛び降りたら足の骨が折れちゃうタイプの人間だからね」

「……うん?」

「だから、日本での私は平均より弱いくらいの人だったの。少し走ったら息切れするし、三十キロの米の袋は持てないし、運動部だったのは中学だけだったし、運動部と言っても卓球だったし」

パトリックがフリーズしてしまった。今日一番の混乱だと思う。前世がどうこうより、前世で虚弱体質だった方が衝撃なのか。日頃《ひごろ》からどう思われているかがよく分かる。

彼は一分ほどしてから動き出す。黙って一分は結構長いぞ。

「……つまり、前世のユミエラは一般人だったと?」

「そう。ふつーの学生でした」

ようやく理解してもらえた。ただ、ここまでは前置きで本題はこれからなんだよなあ。

喋り疲れてきたけれど、もう少し頑張るか。

「それで今からが本題ね。並行世界の私が関わってくる話」

「今までの内容で何となくだが見えてきた。その別なユミエラには、前世の記憶とやらが無いんだろう?」

「そう。憶測だけどね」

話が早くて助かる。後は、ここが乙女ゲームの世界であると説明すれば……これが一番の難関な気がしてきた。

「本来のユミエラの人格っていうのも、私は把握できているの。前の世界にあった……物語がこの世界とそっくりなのよ」

「物語？　ここは本の中の世界なのか？」

「うーん……細部に違いはあるし……どうなんだろ？　前世の世界も、更に別な物語の世界である可能性は捨てきれないし、考えるだけ無駄じゃない？」

「まあ……そうか」

私がいた日本も、ゲームやら漫画やらの世界であった可能性は十二分にあると考えている。作り物の仮想世界から脱出したとして、その場所がオリジナルである確証は得られない。

だからこそ、私は今を生きるこの場所を現実だと思うことに決めたのだ。

「その物語はね、勇者と聖女が魔王を倒すお話。魔王を倒した後に、更に強い敵が立ちはだかるの。それが私」

「……なるほど」

「普通は主人公たちに倒されちゃうんだけど、何かの間違いでユミエラが勝ってしまった世界があって。それが例の世界だと思う」

「そうか」

そう頷《うなず》いたパトリックは目を瞑《つぶ》って考え込む。

察しの良い彼のことだから、勇者と聖女が誰《だれ》のことかも分かっているだろう。

考えがまとまったのか、パトリックは深呼吸をしてから言う。

「事情は分かった。ユミエラの前世も、本来のユミエラの役回りも。それを踏まえて、俺が聞きたいのは一つ」

一つでいいの？　私だったら質問攻めにしちゃう。そんなに気を遣わなくてもいいのに。

しかし、そんな彼が聞きたい、たった一つの質問とは何だろう？　一つだからこその質問の重さを感じる。

パトリックは少し不安そうに口を開いた。

「ユミエラはこの世界に来て良かったか？　元の世界に帰りたいとか思ったりは……」

「もう死んじゃってると思うし、前の世界に帰りたいとかは思わないかな。今戻れるって言われても戻らないと思う。こっちに馴染《なじ》んじゃったし。それに……その……」

私は息を吸って吐いて、それから続けた。

「その……私はここに来られて良かったと思っているの。あなたに出会えたから」

彼は「それは良かった」と呟《つぶや》いて笑う。

釣られて、あと気恥ずかしくて、私も笑った。

ずっと話せずにいた私の秘密。ようやく打ち明けられて心の重荷が下りた気がする。

どちらともなしに近づき、私は背伸びをした。そうしないと顔の高さが一緒にならないからね。

◆　◆　◆

翌朝、今日もレムンは我が家の食卓にいる。

彼には前世の記憶の件を説明済みだ。昨晩に引き続き二度目ということもあり、いくらか省略してスムーズに話すことができた。

「ふーん、異世界の記憶ねえ……」

遠慮なしにパンを頬張《ほおば》っていたレムンは、半信半疑といった様子だ。

これが普通の反応だよね。前世どうこうの話は嘘《うそ》だと思われても構わない。私に世界を滅ぼす意思がないという、一点だけを信じてもらうことが重要だ。

「証拠を出せと言われても困るので、信じてもらうしかないですね」

「まあ、それくらい突飛な原因が無いと、お姉さんの特異性を説明できないんだよね」

「世界を滅ぼした並行世界の私と、今ここにいる私は別物だと分かれば十分じゃないですか？」

滅んでしまった世界は気の毒だが、私には手の届かない範囲での出来事だ。

私と向こうのユミエラは関係なし。交わることのない世界を生きる私たちは永遠に出会うことがない。よし、これで終了。

激動の日々もこれで終わりだ。しれっと私のスクランブルエッグを頬張っているレムンとも別れのときが来た。

闇の神を追い出す算段を脳内で立てていると、彼は人好きのする笑みを浮かべて言った。

「じゃあこれからは、並行世界のお姉さんの対策会議だね」

「へ？」

「言ってなかったっけ？　並行世界のユミエラ・ドルクネスは必ずこの世界に来るよ」

え、世界を一つ滅ぼしただけでは満足しないの？　向こうの私、凶暴すぎない？

「何でわざわざここに来るんです？　向こうの私は何がしたいんですか？」

「前に話したよね？　レベル上限解放」

「あっ！」

レベル上限を解放する方法の一つ、並行世界の自分を殺害すること。なるほど、私の狙《ねら》いは私か。

「でも、この世界に来るとは限りませんよね？　並行世界なんて数え切れないほどあるんでしょう？」

「同じ並行世界でも距離みたいな概念があってね。例の世界はこの世界と隣接しているんだ」

「じゃあ逆隣に行く可能性もあります。五十パーセント……結構高いですね」

「いいや。百パーセントの確率でここに来るよ。だって、他の世界のユミエラ・ドルクネスはもういないんだから」

あー、そういうことか。大多数の世界の私は、乙女ゲームのシナリオ通りに倒されている。例外は、アリシアたちに勝ってしまった並行世界の私と、全くの別ルートを辿《たど》ったこの私。

数多《あまた》の並行世界の中で、生き残っている私は二人だけ。レムンの危惧《きぐ》は当然のことだった。

「別な世界に移動するのって可能なんですか？　レムン君には出来ないんですよね？　そもそも向こうの私がレベル上限解放の方法を知っているとは限りませんし」

「そこは……まあ……裏で糸を引いているヤツがいるんだよ」

今まで淀《よど》みなく応対していたレムンが、言葉を濁した。予想するにヤツとは、レムンより上位の存在だろう。並行世界に一人だけの、レベル上限が99を超えているようなやつ。

「並行世界の私より、そっちの方が脅威だと思うんですけど」

「そこはあまり心配しないで。世界に干渉するのにアイツも色々と制限がある。大事に溜《た》めているリソースを使うのは嫌がるはず」

「私は、私と殴り合う準備だけしてればいいと？」

「そーゆーこと」

レムンからもたらされる情報を鵜呑《うの》みにするわけではないが、今は彼の言葉を信じるしかない。

私と私のバトルか……。今まで私は、自身のハイスペックさのゴリ押しで諸々《もろもろ》の戦いに勝ってきた。それが通用しない来たる戦いは辛いものになるだろう。

史上最強かもしれない強敵に想《おも》いを巡らせていると、パトリックがダイニングに入ってきた。

「おはよう、ユミエラ。すまん寝坊した」

「おはよう。昨日《きのう》は色々あって疲れたからね。体調は大丈夫そう？」

「ああ、ユミエラも無理はするなよ」

パトリックは椅子に座りながら、チラリとレムンを見て続ける。

「彼に例の話は？」

「大まかに話したよ。前世の記憶があるって。あ、それでねそれでね、並行世界の私がこっちの世界に来るみたいなのよね。その対策をしなきゃって話をしていたとこ」

そうだ、こっちにはパトリックがいる。単身で来るであろう向こうの私には悪いが、彼の助力があれば勝ちは揺るがない。

しかし、頼れる我が相棒は物憂げな顔だった。

「それは……ユミエラが対処する事柄ではないはずだ。例の彼女とは無関係なのだから」

「彼女の狙いは私みたいだから、遭遇は避けて通れない感じなのよね」

「……いいのか？」

「え？　何が？」

「並行世界の自分……中身は別人とは言え同じ顔をした人間と戦うなんて、あまりに酷じゃないか？」

悲しそうな顔で彼は語る。

酷かな？　私は私と相対する場面を想像した。

私は前世の記憶というアドバンテージを持っていたが、彼女にそれは無い。何も持たずに厳しい世界に投げ出されて、味方を得ることなく世界を憎んだ彼女。

私がパトリックやエレノーラと過ごしている間、彼女はずっと一人ぼっちだったのだ。

彼女は紛《まご》うことなき裏ボスで、絶対的な悪で、この世界の脅威で。でも私に彼女を責める資格はないかもしれない。

彼女は凍った無表情のまま近づいてきて、私の腹を殴る。彼女はもっと痛かったはずだ。甘んじて受け止めよう。

彼女は私の頬《ほお》を叩《たた》く…………顔は駄目ってのが暗黙の了解じゃろがい！　貴様、やりやがったな！　ムカつく顔をしやがって！　その無表情っぷりも気に入らねえ！

私は彼女に飛びかかり、拳《こぶし》を振り上げ……。

「……あ、大丈夫そう。手加減とかしなくていい分、他の人より殴りやすそう」

「え？」

「今ね、頭の中で想像してみたの。本気の殴り合いになったわ、お互いに顔面狙い」

「えぇ……」

そこまでドン引きされるとは思わなかった。

まあ、私の未来予想は大体外れるので、平和的な話し合いで何とかなるかもしれない。

「できるだけ穏便にしたいのよ？　でも全部が向こう次第だから」

「ああ、なるべく平和的に頼む。いざとなれば俺も加勢するが、ユミエラと戦うのは辛い」

「いやいや、向こうのユミエラは私と別人だから。配慮する必要なんてないよ？」

「中身が別だとしても、ユミエラは俺の顔をした奴《やつ》と戦えるのか？」

外見だけパトリックの悪人ということか。

愛《いと》おしい彼の姿で悪行三昧《ざんまい》とは許せん。まずは顔を変えてやる。原形を留《とど》めないほどボコボコにして……。

「え、普通に戦えるけど。むしろやる気が上がる」

「……そうか、ならいい」

素っ気なく答える彼から哀愁を感じた。なぜ？


それからパトリックとレムンを交えて、並行世界ユミエラ対策会議が始まった。

「対策って言っても何をすればいいんだろ？」

「いつ、どこに来るのかすら分からないからな……ユミエラ相手に罠《わな》が通じるとも思えない」

初手から万策尽きた雰囲気が漂い始めるが、レムンが不敵に笑いだして言う。

「お姉さんたち、ボクの権能を忘れたの？　ボクはダンジョンや魔道具を管理する立場にあるんだよ？　普通ではお目にかかれない最強クラスの魔道具があれば有利になるよね」

「おおっ！」

すごい。アイテムドロップ率の操作とか出来ちゃうのか。乱数調整はまさに神の所業だ。

素直に尊敬の眼差《まなざ》しを送ると、レムンは機嫌を良くする。

「まず、そうだね……お姉さんの弱点である光属性の武器とかどうかな？　人間たちがバリアスのダンジョンって呼んでる所に、最高クラスのものがある。闇を切り裂く光の剣、制作には光の神サノンも関わった一品だ」

「……ん？」

「あのダンジョンの最深部に到達できる人間なんてまずいないからね。例の聖剣はまだ眠っているはずだ。でもお姉さんは持つことすら難しいだろうから、お兄さんが……どうかした？」

バリアスのダンジョンってあれだ。学園の夏季休暇中に私が通い詰めた所だ。自分用の剣を入手するためにダンジョンを何周も何周もして、やっとの思いで闇属性の剣を手に入れた。

その途中で、私は直接触れることすら厳しい光属性の剣がドロップした。

要らないので売っぱらって、最終的にアリシアの手に渡って、私を後ろからブスッと刺して、その後はどこにやったんだっけ……あっ、思い出した。危ないからブラックホールで消し去ったんだった。

「その剣、もう無いです」

「へ？」

「ブラックホールで消しちゃいました。あ、消えたら再補充されたりは？」

「……じゃあもう入手は不可能だね」

レムンは気落ちした声色で言う。

悪いことをしてしまった。何とか元気づけなければ。

「まだまだ他にありますよね！　なんせレムン君は魔道具を司《つかさど》る神様ですから」

「うん、他ね。……サノンの管理下になっちゃうけど、結界を展開できる魔道具があるよ。光属性だからきっと役に立つ。今はどこだったかな……サノンの教会にあったような」

「……すいません。それも壊しました」

レムンは黙り込んでしまった。不憫《ふびん》すぎる。彼がダークなオーラに包まれているのは、闇の神だからではなさそうだ。

まずいぞ。嫌な予感がしてきた。レムンは途切れ途切れに語りだす。

「そ、壊したの。じゃあ、しょうがないね。後は……魔物を操れる大笛とかかな？　魔物呼びの笛は魔物を呼び寄せるだけだけど、大笛は魔物に指向性を持たせられてね。その力を使うにはボクの承認が必要なんだけど――」

「あの……」

「ああ、ごめんね。やっぱり弱いよね。お姉さんが相手じゃ、いくら魔物がいても意味ないか。はは」

「いえ、そうではなくて……。その大笛も壊しました、パトリックが」

あとは任せたぜパトリック！　私はもう無理だ。

彼に視線で合図を送ると首を横に振られた。あれを壊したのはパトリックじゃん。あの大笛は大事に取っておくつもりだったのに、その場で壊してしまったのだ。

結界魔道具も壊したくて壊したわけじゃないし……。

そんな言い訳を並べても、レムンが一層不憫になるだけだろう。ああ、どんな言葉をかけていいのか分からない。ごめんねレムン君。もう頑張らなくていいよ。

しかし、彼は諦《あきら》めない。聞き取るのがやっとの小さな声を発した。

「エリクサーは？　もう壊しちゃった？　ボクが丹精込めて作った魔道具なんだけどね。人間の役に立てばいいなって、頑張って作ったんだけどね」

「あ！　エリクサーは壊してないです！　見たこともないです！」

「ああ！　俺もそんな名前の魔道具は聞いたことがない。きっと今も、ダンジョンの奥底に眠っているはずだ！」

私とパトリックは協力してレムンを元気づける。

すると彼は一瞬で明るい表情に変わって言った。

「ホント⁉　やった！　あのねあのね、エリクサーはすごいんだよ！　早速ある場所に向かおうか」

かくして、私たちはエリクサーを手に入れるために遠出することになったのだった。

しかし、私は知っている。エリクサーはそこまで使い道が無いことを。でもまあ、少年の外見相応にウキウキと喜ぶ彼のためにも、今は黙っていようと思った。

◆◆◆

場所を移動して今はダンジョンの中。ウッキウキで先導するレムンの背中を、私とパトリックが追う。

並行世界の私に対抗する手段として装備を整えることになった私たちは、エリクサーを手に入れるためにここにいる。

ダンジョンの位置する場所はバルシャイン王国王都のすぐ近く。王都近郊にある二つのうち、難度の高い方だ。俗に裏ダンジョンとも呼ばれるそこは、学園在学時にはたまに利用することがあった。

国軍の兵士や冒険者、学園の生徒などは簡単な方のダンジョンに行くのでいつでも空《す》いていて使い勝手が良い。

パトリックも在学中はここでレベル上げをして、今ではレベル99目前だ。効率的にはそこそこだから……むむ？　学園入学時の彼はレベル10にも満たなかったはずだ。それが、このダンジョンメインでレベル上げをしていて、もうレベル90付近？

レベル99になるのに必要な経験値ってどれくらいなんだろう？　パトリックの成長速度から考えるに……もしかして私は学園入学のずっと前にレベル上限に到達していた？

私の幼少期の努力は無駄な……いや、考えるのは止《や》めよう。精神衛生上よろしくない。

数時間前、エリクサーを入手しに行くことが決まった私たちは、すぐさまリューと一緒に王都に移動。そして今に至る。

前を歩くレムンはサノンへの愚痴を漏らすが、機嫌は良いままだ。

「いやあ、サノンもケチだよね。太陽が出ていればどこへでも移動できるんだから、ボクたちを運んでくれてもいいのにね」

「瞬間移動は便利ですよね。私も出来るようになりませんか？」

「どうしてお姉さんは神の権能を手に入れたがるのかな」

「私個人の欲求ではなく、人間が皆持つ欲望な気がしますけれど」

会話しつつ奥へ奥へと歩き続ける。

レムンは最深部までの最短経路が分かっているようで、迷いなく進んでいく。

少し面倒なのは道中の魔物だ。彼らはレムンをそこにいない者のように扱い、横を素通りして私やパトリックの元に向かってくる。

魔物が襲うのは人間のみなので、やはりレムンは神様なのだと実感する。

最奥までそろそろだろうか。そこでパトリックが小声で話しかけてきた。

「ユミエラ、前にここのボスは危険だと聞いたが一体何なんだ？」

「そんなこと言ったっけ？」

「確かに聞いたぞ。このダンジョンのボスとは決して戦ってはいけないと」

ゲームの記憶が確かなら、ここのボスは巨大なゴーレムだ。最強クラスの物理防御と魔法防御を兼ね備えているが、攻撃力と素早さがイマイチ。

倒すのにただただ時間がかかるのでレベル上げに向かず、ドロップアイテムもしょぼいので美味《おい》しいダンジョンとは言えなかったはずだ。

……ああ、思い出した。それで彼には相手をしないように忠告したのか。

「言ってたね。でもね、戦っちゃ駄目なのは強いからじゃなくて硬いからだよ。レベル上げ効率が悪い」

「それは……ユミエラらしい」

「たまに私らしいって言うけど、それって褒め言葉？」

「……………褒め言葉だ」

謎の間があったが、まあ褒められたっぽいので良しとしよう。曲がり角から飛び出た魔物を回し蹴《げ》りで倒しながら、そう思った。

特にトラブルもなくサクサク進み、一時間もかからずに五十階層のボスの間の前まで到達することができた。


突入前にレムンに確認しておく。

「エリクサーはこの先にいるボスを倒せば入手できるんですか？」

「ダンジョン内の確率は操作できるから、必ず手に入るよ」

「それは良かった。何周もするのは嫌ですから」

「ボスを倒すのだけはお願い。ここまで余裕のお姉さんたちなら大丈夫でしょ」

ゲームでのエリクサーはボスのランダムドロップだった。本編クリア後にその情報が分かった私は、ユミエラ戦に備えてこのダンジョンを周回したのだ。

そして硬すぎるボスに散々苛《いら》ついてエリクサーをゲットした。アイテムの効果はパーティーメンバーの一人のＨＰとＭＰを全回復。ＨＰ０で戦闘不能の状態から１ターンで全快できるアイテムはとても貴重だった。

理不尽なほど強い裏ボス相手に使い所を誤ってはいけない。そう勿体《もったい》ぶった私は、結局エリクサーを使わずにユミエラを倒したのだった。貧乏性には使えない回復薬、それがエリクサーだ。

「それじゃ行こうか」

ボスの間の扉が開く。奥に鎮座しているのは巨大なゴーレム。材質は何かの金属で、見るからに防御力極振りだと分かる。

侵入者を察知して一つ目が光りだしたゴーレムを見て、パトリックは嘆くように言った。

「確かにアレは苦労しそうだ」

「任せておいて。私にいい考えがある」

私には対ゴーレムの秘策があった。この世界はゲームのようでゲームと違う。戦闘はＨＰという数値の削り合いではなく、本当の殺し合いだ。弱点狙《ねら》いが有効だし、戦略も重要になってくる。

鈍く光る装甲板を素直に削る必要はないのだ。狙いは関節部。構造上、絶対に装甲が薄い。その中でも頭と胴を繋《つな》ぐ首の関節部が弱点と見た。

頭を落とせばゴーレムはすぐに稼働停止するはずだ。もし動いても、大幅な制限がかかるはず。だって目があるのが頭だし。たかがメインカメラ、されどメインカメラ。

金属の巨人に向かってゆっくり歩く私は、後ろから声をかけられる。

「俺の剣で良かったら使うか？」

「素手でいいの。精密な動作が必要だから」

自分の剣は家に置いてきてしまった。剣だと的確な弱点狙いを出来るか怪しいので素手でいい。いや、素手がいい。

ゴーレムに遥《はる》か高くから見下される。ゆっくり振り上げられた巨大な腕を眺めつつ、どうやって首元まで辿《たど》りつくかを考えた。

ここは相棒に協力してもらおう。以心伝心の私たちは合体技も即興で出来てしまう。

「パトリック！　合体技よ！」

「……何だ？」

出来なかった。それはないぜと私が振り返ったところに、ゴーレムの腕が振り下ろされる。

私を潰《つぶ》そうとする巨腕を片手で止めながら、私は彼と打ち合わせをする。

「あの、パトリックが地面を隆起させて、私が大ジャンプする感じのアレ」

「それならそうと言ってもらわないと分からない」

「うん、ごめん」

よし、仕切り直しだ。ゴーレムを押しのけてもう一度掛け声を発する。

「パトリック！」

「分かった」

パトリックの土魔法が発動する。私のいる僅《わず》かな区画のみ、石の床が上へ上へと迫《せ》り上がる。もうゴーレムの身長を越した。

特製のジャンプ台が上昇を止めると同時に、私は自らの力で天高くへと飛翔《ひしょう》した。

そして、頭が天井に突き刺さる。

「……お兄さん、あれって何がしたいの？」

「俺にも分からん」

レムンとパトリックの呆《あき》れ声が聞こえる。私は天井から頭を引き抜こうとしながら、ダンジョンでやる技じゃなかったなあと思った。いつか、空に浮かぶ強敵を相手取るときに改めてやってみよう。

これも作戦だし。元々こういう技だし。そんな態度を取りながら、私は体を反転させて天井を蹴った。

ゴーレムの頭上めがけて一直線。動きの鈍いヤツには反応が出来ていない。

落下スピードを上乗せした最強の手刀が、ゴーレムの首元に突き刺さる！

「……あ、ちょっとズレた」

ピンと伸ばした私の指は、ゴーレムに深々と突き刺さっている。正確にはゴーレムの胸、一番装甲の厚そうな部分。

手を引き抜き、地面に着地する。同時にゴーレムの巨体は後ろへと倒れていった。

「お見事」

「違っ……まあね、これが私の実力よ」

関節が弱点とか、長々と考えていた自分が恥ずかしい。頭脳プレーをするつもりが完全な脳筋ムーブになってしまった。

ゴーレム氏サイドにも問題がある。ただの人間の素手で即死とは情けない。最強クラスの防御力が聞いて呆れる。彼が弱いのか、私が強すぎるのか。ああ、虚しい。

「はあ、帰りますか」

「あれ？　いっこだけでいいの？」

「エリクサーって何個もあるんですか⁉」

てっきりユニークアイテム的な存在だと思っていた。ドロップ率が極端に低いだけで、ゲームでも複数個入手可能だったのかもしれないな。

レムンは両手を使い、指を七本立てる。

「エリクサーは全部で七つ。ボクの権能で絶対に出てくるように出来るから、あと六周しようか。お姉さんたちの力ならすぐだよね？」

「本当に、全部で七つですか？」

「……ボクは嘘《うそ》なんてつかないよ？　ホントだよ？」

絶対にもっとあるな。エリクサーは複数個あるとはいえ、数が有限な貴重な物だ。この疑り深い神様が、全《すべ》て放出するとは思えない。

しかし、七つあれば十分すぎる。あまり問い詰めずに次の周回に向かおう。

◆　◆　◆

ダンジョン七周はトラブルもなく、高速で終わった。ルートを覚えて最深部までダッシュ。速い、速すぎる。

ちなみにパトリックも三回、ボスのゴーレムを倒している。関節部を狙い、まずは手、次に足を機能停止に、最後は首の接合部を狙ってトドメ。

彼は私がやりたかったことを平気な顔をしてやってしまった。悔しくなんかないもん。

そうして目当ての物を入手した私たちは、すぐに家まで逆戻りしたのだった。

朝一番に出かけたこともあり、時間はまだ昼過ぎだ。お茶を淹《い》れてもらい一休みしつつ、改めてエリクサーを観察する。

テーブルに置かれた七つの透明な小瓶は、持っただけで割れてしまいそうなほどに薄く精巧な作りだ。そして、光の加減次第で見失ってしまいそうな透明さ。

最後に小瓶の中身。何も入っていない。

「これ、空っぽですけど」

「これでいいんだよ。ポーションみたいな飲み薬じゃないから」

「ん？　エリクサーとは回復薬なのか？」

レムンの言葉にパトリックが疑問を挟む。あっ、彼はエリクサーが何か知らずにいたのか。

私もゲームの知識はあるが詳細は分からない。各種ポーションと同じくコマンドの「使う」での使用だったので、中身が無い小瓶であることは今知った。

レムンはエリクサーを手に取り自慢げに語る。

「エリクサー、言い換えるなら蘇生薬《そせいやく》ってとこかな？　これは死者すらも蘇《よみがえ》らせる万能の回復薬。

世界の法則の、例外中の例外」

「え⁉　死んでも生き返るんですか⁉」

本当に驚いた。ゲームにおいてＨＰ０の状態は戦闘不能、現実に置き換えればギリギリ死んでいないくらいの状態だと考えていた。

無尽蔵な魔力で回復魔法が連発できる私には不要なアイテムと思っていたけれど、蘇生となると話が変わってくる。

死んでも七回は生き返る私。十二回には及ばないものの驚異的だ。

「もちろん条件はあるよ。死んですぐであること……数時間が限界かな？　後は蘇生対象の一部が存在していること」

「対象の一部？」

「完全に消滅したら駄目ってこと。お姉さんのブラックホールとかはまさに完全消滅だよね」

「……ユミエラ対策の回復薬としては心許《こころもと》ない気がするな」

パトリックが渋い顔で言う。

蘇生不可の魔法を使うって、私は悪質で理不尽すぎる。

ゲーム同様、何やかんやで使わずに終わりそうだなと考えていると、レムンは不敵に笑う。

「だからね、体の一部をあらかじめ取っておけばいいんだよ」

「パトリック、腕を切り落とすから動かないでね！」

「やめろ！　お前、半分本気だろ！　こっちに来るな！」

私が立ち上がると、彼も立ち上がって後ずさりする。

もしものときに備え、パトリックの腕は私が大事に大事に保管しておこう。そして毎晩寝る前に、愛おしいあなたの腕を眺めてうっとりするのだ。手を繋いで寝るのもいいかもしれないし、リアル腕枕を試すのも良さそうだ。

「ずっと……一緒になれるね」

「ひっ！」

「ねえ？　どうして逃げるの？　ねえ？　どうしてどうしてどうしてどうしてどうして」

パトリックは顔を青ざめさせて私から距離を取る。

……ちょっとやりすぎたかな。ヤンデレごっこはこのくらいにしておくか。

「もう、冗談に決まってるじゃない。怖がりすぎ」

「……本気に見えた。ユミエラは多分、そういう素質があるぞ」

「ボクも、今までで一番怖かった」

そうか、私ってヤンデレの才能があったのか。また新たな境地に到達してしまった。嬉《うれ》しさは微《み》塵《じん》も感じない。

私は椅子に座り直してレムンに尋ねる。

「それで、体の一部を取っておくってどういう意味ですか？」

「お姉さんみたいに猟奇的な話じゃなくてね、髪の毛とかも体の一部だよって話」

なるほど、髪の毛を取っておけば後から蘇生できるのか。

部屋の隅まで逃げていたパトリックは、戻ってきて椅子に腰掛けるところだった。彼はため息をついて言う。

「髪なら問題ない。もしものときに備えて各自保管しておけばいいか」

そしてパトリックは紅茶に口を付けようとする。手元に注意が向いたところ、すかさず私は前のめりになり手を伸ばした。

彼の髪の毛を鷲掴《わしづか》みし、思い切り引き抜く。

「えいっ」

「痛《い》った」

髪の毛ゲットだぜ。私の手の中には灰色の髪がごっそりある。

しかし、引き抜きの衝撃でパトリックはカップを取り落としてしまった。陶器の割れる高い音が部屋に響く。

「あーあ、パトリックったら」

「俺が責められるのか？」

頭を押さえた彼に、僅かに潤んだ瞳《ひとみ》で睨《にら》まれる。いや、ちょっと取りすぎたのは悪いけれど。じゃあパトリックも私の髪を抜けばいいじゃない。私は痛くも痒《かゆ》くもないから……と逆ギレする準備をしていると、レムンが興味なさそうに割れたカップを指差して言う。

「それ、エリクサーで直したら？」

「へ？　ティーカップですよ？」

「死んだ食器を蘇生させるんだよ。それくらい簡単簡単」

無機物に生死の概念があるとは思わなかった。

もちろん、壊れた物にポーションをかけても修復されることはない。飲み薬じゃない点も含めてエリクサーとポーションは全くの別物と考えるべきだ。

私はレムンから小瓶を一つ受け取り、床に散らばったカップの破片を見る。

「これをどうすれば？」

「エリクサーに魔力を流し込んでみて。魔法を使うのと同じ感覚でカップに意識を集中して」

「……これ、使い切りのアイテムですよね？　もったいないような」

「使い方の練習はしておいた方がいいよ」

一理ある。エリクサーの使用を迫られる状況は、きっと緊迫しているだろう。そんなときでもスムーズに立ち回れるよう、どんな感じなのか練習しておくのも必要だ。一個使っても、残り六個あるしね。

レムンに教えられた通り、エリクサーに少しずつ魔力を流し込む。そしてカップの破片を見つめて直れ直れと念じてみる。

効果はすぐに現れた。

手元の小瓶から光が溢《あふ》れ出し、割れたカップの一片一片に向かっていく。

破片は宙に浮いて動き出し、パズルのように元のティーカップの形が再現される。そしてテーブルの上に音も無く着地した。

同時に、私の手にあったエリクサーは砕け散り、キラキラ輝きながら空気中に消えていく。ああ、もったいない。

一番近かったパトリックが、指先でそっとカップに触れる。

「完全に直っている。継ぎ目も分からない」

「へえ、便利」

「だが……これは一体……」

彼は何に困惑しているのか。改めてティーカップを確認して、すぐに違和感に気がついた。

湯気が立ち上っている。カップの中は熱い紅茶で一杯になっていた。

「何で紅茶が？　それに淹れたてみたいに熱かったっけ？」

「半分以下だったはずだ。少し冷めていた記憶もある」

エリクサーによって蘇生されたのはカップだけでなく、中身の紅茶もだった。

これって仕様通り？　変なバグとか起こってない？

問いかけるようにレムンを見ると、彼は笑みを浮かべる。

「肉体を再構築しても魂が無ければ死者は蘇らない。器だけでなく、その中身を取り戻してこその蘇生薬だと思わない？　これがエリクサーの力だよ」

これこそが真の蘇りであると語るレムンだが、私は別の現象を思い出していた。

これは蘇生薬と言うよりむしろ――

「タイムふろし……いえ、何でもないです。結果は同じですからね」

イメージとは若干違ったが、エリクサーの効力は申し分ない。出番が無いのが一番だが、もしもの備えとしては頼もしい限りだ。

後でエレノーラや屋敷のみんなの髪を集めないといけないな。リューは……剥《は》がれた鱗《うろこ》で良さそうだ。

「蘇生させる対象が大きく複雑になればなるほど、必要な魔力が多くなるから気をつけてね」

「分かりました」

カップ復元の魔力消費は微々たるものだった。人の蘇生にはより多くの魔力が必要ってことか。リューだともっと必要。更に大きく複雑な……そんな物は無いか。リュー君はすごい大きい、そしてすごい可愛《かわい》い。

魔力不足で困ったことはないので、魔力不足を心配する必要は無いだろう。

それより気にかかるのはエリクサーを使用可能な状況かどうかだ。全滅しては使用者がいなくなってしまうし、エリクサーそのものが手元になければいけない。

一つ使ってしまい、残りは六つ。一箇所に置くのはリスクが高すぎるし、どうしようかな？

「この六個はどう振り分けようか？　ひとまず、私とパトリックは一個ずつ持っておくとして……」

「良かったらボクが預かろうか？　影の中なら紛失の心配も無いし、お姉さんたちが必要なときはすぐに持って行ってあげる」

「うーん……じゃあお願いします」

レムンに預けるのは少し不安だけど、別にエリクサー六個もいらないんだよな。じゃあいいか。

残りの四つは彼に預けてしまおう。

彼はテーブルに載った小瓶を雑に掴《つか》み、影の中にポイポイと放り込んでいく。便利そうで羨《うらや》ましい。

「では、回復は問題なしとして……すごい強い武器とか無いんですか？　そういうのを期待していたんですけど」

「うーん……色々あるけどお姉さんの場合、素手の方が強かったりするからなあ」

レムンはコテンと首を傾ける。

ダンジョン産の魔道具を集めると聞いたときは、伝説の剣とかがゴロゴロ出てくると思ったのにな。でも私って聖剣カテゴリに嫌われてそうだしなあ。魔剣とかなら普通に使えそうだけど。

少し間が空いてから、傾けていた首を戻してレムンが言う。

「使えそうなのが思い浮かばないなあ……お姉さん、こういうのが欲しいって希望はある？」

私が欲しい物？　あまり無理を言っては神様を困らせてしまう。ギリギリありそうな欲しい物を脳内でリストアップする。

「ビームが撃てる剣が欲しいです」

「ない。それは剣じゃない」

「隠された能力が発現する矢とかは？」

「ない。……何それ？」

「じゃあ、変身できるベルトでいいです」

「ない。……だからそれ何？」

何も無いじゃないか。なるべくありそうな物をピックアップしたのに。

本当に期待外れでガッカリだ。密《ひそ》かに温めていた私の夢が三つも潰《つぶ》されてしまった。割と真面目《まじめ》に悲しんでいると、パトリックが口を開いた。

「あの剣はどうなんだ？　ユミエラが持っているあの」

「ああ……あれね。丈夫なだけじゃないかな？」

彼が言っているのは、私愛用の闇属性の剣のことだ。

ダンジョンを何周もして手に入れたあの剣は、闇属性が付与されているという点は貴重だと思う。しかし、属性武器の強いところは使用者本人が使えない属性の攻撃ができる点だ。闇魔法が使える私にメリットは少ない。

あれかあ……どこにやったっけ？　私の部屋のどこかに放置されているはずだけど。

剣の存在を知らないレムンは私たちを見て不思議そうな顔をする。

「あの剣？　何のこと？」

「じゃあ今持ってきますね」

折角だしレムンに鑑定してもらおう。私は立ち上がり自分の寝室へと剣を取りに向かった。

数分後、クローゼットの上で埃《ほこり》を被《かぶ》っている剣を見つけ、パトリックたちがいる部屋へと戻る。

探すのに少し手間取ってしまった。エレノーラの手の届かない所に置いたことを完全に忘れていた。

「持ってきたよ」

「……剪定《せんてい》バサミ？」

柄《つか》も鞘《さや》も黒一色のそれを見せびらかすと、レムンの顔から表情が消えた。私の手元にある剣を鋭く睨みつける。

剪定バサミって何だろう？　釣られて私も手元を確認する。

形自体は極一般的なバスタードソードだ。両手剣より短くて片手剣より長いやつ。私はもっぱら片手で扱っている。

「ハサミではないですよね？」

「……それ、どこで手に入れたの？」

「バリアスのダンジョンですけど……持ってちゃまずい物でしたか？」

「うーん、別に、人間が扱う分にはただの丈夫な剣だろうから……いいのかな？　鍵《かぎ》も無いし……」

彼の言葉は自信なさそうに尻《しり》すぼみになっていく。

そこそこ長く使っているが、普通の剣という感想しかなかった。久しぶりに刃も見ておくかと、柄を握って鞘から引き抜く。

するとレムンは椅子から転がり落ちて、這《は》うように後ろに下がる。

「ちょっと!?　危ないなあ!?」

「あ、ごめんなさい」

こんなにリアクションの大きい彼は初めてだ。この剣ってそんなに危ない代物だったの？

「闇属性ってのは珍しいですけど、それ以外に変なところは無いですよ？　少しは教えてくださいよ」

「それはこの世界にあって良い物じゃない。どこからか紛れ込んでしまったんだ」

「危険なんですか？」

「さっきも言ったけれど、普通の人間が扱う分には大丈夫なはず。ボクも存在は知っていたけれど、見るのは初めてだから」

レムンは言葉を一つ一つ選ぶようにゆっくりと話す。

ダンジョンから本来はドロップされないバグアイテムが出てきたようだ。私自身は運が悪いと思っていたが、実は強運の持ち主だったのかも。

「それで……これは結局何なんですか？」

この神様は自分に都合の良い情報しか開示したがらないので、聞き出すのには骨が折れそうだ。安全そうなら今までと同じように使うし、危険なら然《しか》るべき管理をしなければいけない。例えば、エレノーラちゃんの手の届かない所に置いておくとか。あ、ならクローゼットの上でいいのか。

脳内で問題を自己解決したところ、レムンは重々しく口を開く。

「それは世界を……いや、並行世界の全《すべ》てを管理するための道具。増えすぎた枝を切るように、不要な世界を消し去る剣。神の剪定バサミ。剪定剣だよ」

「剪定……剣」

「ボクより上位の神が所有しているはずなんだけどね。力を解放する鍵が無ければ、ただの丈夫な剣だと思うんだけど」

「そんな……」

「うん。人の身には余る代物だ。良かったらボクが預かろうか？」

「駄目です……そんな物を持っていたら……内なる中学二年生が目覚めてしまいます。ふへっふへへっ」

思わず変な笑いが漏れ出る。

おいおい。世界を切り取る剪定バサミ？　鍵が無ければ力を発揮しない？　剪定剣？

これはまずい。中二病ってはしかと同じで一度罹患《りかん》したら免疫がつくと思っていたが、どうやら違うらしい。中二病はインフルエンザの仲間だったか。

落ち着け私。この年齢になって新たな黒歴史を作ることになるぞ。ただでさえ、私がモデルの中二物語を吟遊詩人が広めて回っている状況なのだ。

大きく深呼吸して心を落ち着かせる。……よし、もう大丈夫。

気持ち悪い笑い方を聞いて、心配そうにしている二人に頷《うなず》いてみせる。

「大丈夫。私なら呪《のろ》いを抑え込めるわ」

「……うん、よく分かんないけど頑張って」

「ユミエラ、またくだらないことを考えているだろう？」

案の定、パトリックには見透かされていた。

でもあれだな……今の私のセリフも、それはそれで中二病っぽいな。

私がニヤニヤを抑え込んでいると、レムンはビクビクしながら剣を指差す。

「じゃあボクが預かるから……ね？」

「……持っておきたいような気も。いざというときに必要ですし」

「ボクが管理していれば、四六時中所持していなくても大丈夫だよ」

彼の意見も頷ける。どうせクローゼットの上に置きっぱなしにするくらいなら、いつでも手元に持ってこられるよう闇の神様に預けてしまうのも手だ。

ただなあ、レムン君は非常事態にしか返してくれそうにないよなあ。

悩む私に、彼は預けるように迫ってくる。レムンがこうも強引に来るのは、危険物を自分の監視下に置きたいからだろう。

「うーん」

「ボクなら影からすぐに取り出せちゃうから」

影から取り出す？

私が「レムン君！」と合図を出す。隣にいるレムンが「承認するよ」と呟《つぶや》くと、影が揺らぎ、剪定剣が現れる。

いやいや、もっと凝った演出にしよう。影を上手《うま》いこと操って、レムン君が体内から剣を取り出す感じにしても良さそう。夢が広がる。

「預けましょう。ただ一つ条件が」

「……それは何？」

「取り出し演出をお願いします」

「…………任せてよ！」

承諾を得られたので快く剣を引き渡す。

私はこのとき気がつくべきだった。彼が何も分かっていないまま、自信満々の返事をしたことを。

幕間三　ユミエラ

バルシャイン王国王都。周辺諸国で最も栄えていると謳《うた》われていた都は、人の気配が全く感じられない。

王城のバルコニーから廃墟《はいきょ》となった街並みを眺める少女が一人。

彼女の顔は長い前髪で隠されて表情が読み取れない。分かるのは、伸びすぎた黒髪を切る人間すらいないという事実のみ。

王都を見下ろす黒髪の彼女は、王国のみならず世界中の人類を滅ぼした張本人。その名はユミエラ・ドルクネス。

彼女は自嘲《じちょう》気味に呟く。

「……どこで間違えたのかしらね」

「間違えたという自覚はあるのか？」

応《こた》える者はいないかに思われたユミエラの呟きに反応があった。声はノイズ混じりで、声の主の性別や年齢も分からない。

ユミエラは姿の見えない声の主に驚いた様子もなく、平然と会話を続けた。

「……ま、私は間違っているでしょうね」

「魔物を操り、人間を駆逐したことを悔いていると？」

「今更、反省も後悔もするわけないじゃない。選択を間違えたのは私だけじゃないし。私も周りの人たちも……世界の全てが間違っているのよ。その末路がこれ」

「そうだ！　この世界たちは間違っている。だからこそオレが解放してやるのだ」

ユミエラの会話相手の声に力がこもる。

未《いま》だに得体のしれないコイツはこうなると長くなるのだと辟易《へきえき》しながら、ユミエラは自分の人生を振り返っていた。自他ともに間違いだらけの半生を。

最初の間違いは自分が生まれたこと。この世に生をうけたことを、生まれながらの容姿や境遇を、幾度となく恨んだ。

髪の色が黒以外だったら。貴族の家に生まれなければ。黒髪が忌諱《きい》されない国に生まれていたら。幾つもの「もしも」を夢想したが、全て覆すことは不可能だった。

「まあ、昔の私も愚かだったわね」

幼少期のユミエラは、両親に愛してもらうことに必死だった。物心がついてから常に感じていた寂しさは、きっと父親と母親が解消してくれるものだと確信していた。物語の中でしか知らない、厳しくも優しい父と母が。

彼らにいつか会えると信じていた。再会したときは温かく抱擁されるものだと信じて疑わなかった。

そんな幻想を糧に、学園に入学するまではドルクネス領で勉学に励んだのだった。

決して叶《かな》わぬ願いを、学生時代も追い続けた。周囲にいいように操られる公爵令嬢に、内心で見下しながら媚《こ》びた。派閥内に残るために汚れ役を買って出た。それが原因で王族にまで目を付けられたので、すぐに尻尾《しっぽ》切りされた。

希望の糸は全て断ち切られた。正確には、希望など初めから存在しなかった。

そんな当たり前の事実に気が付いたのは、学園三年目に入った辺りだ。丁度、その時分に魔王復活の報が王国を駆け巡る。

魔王、それはユミエラの新たな希望。きっと魔王なら。自分を虐げ続けた人たちを、この碌《ろく》でもない王国を、存在価値のない世界を、魔王ならきっと全て滅ぼしてくれる。

「他力本願なところが駄目だったのかなあ」

ユミエラはまるで他人事《ひとごと》のように、感情のこもっていない声を出す。

また彼女の希望は無くなってしまったのだ。魔王は討伐され、新たな勇者と聖女が国を挙げて持《も》て囃《はや》される。

ユミエラは心の底から確信した。誰《だれ》かを頼りにしてはいけない。信頼できるのは自分だけ。

そして決意した。期待はずれだった魔王に代わり、世界を滅ぼしてやる。

自分の力が人より強いことを、強大な属性の魔法を扱えることを、ユミエラは昔から分かってはいた。実力を分かった上で隠していた。

更に嫌われることを恐れた彼女は、幼少期も在学中も、その力を振るうことをしなかった。今でこそ、散々疎まれてそれ以上何を恐れるのかと思えるが、当時は本気で怖がっていた。

かくしてユミエラは裏ボスへの道を歩きだした。

今も姿が見えない彼に出会ったのはその直後だ。

未だに怨嗟《えんさ》の言葉を紡ぐ彼に向かって、ユミエラはぶっきらぼうに言う。

「ねえ」

「──この世界を見下している存在は間違いなくいるのだ」

「ちょっと！」

「娯楽のつもりで鑑賞して悦に入って……ん？　どうした？」

「……何でもないわ」

初対面からそうだった。この姿が見えない謎の人物は、人と話をする気が全く無い。一方的に言いたいことを言うだけ。

名前すら知らない。他に話す相手もいないので不便は感じないが、ユミエラは内心で彼を邪神と呼んでいる。

ユミエラは一人で数ヶ月前を思い出す。初めて言われた言葉は「貴様、このままでは死ぬぞ」だった。今のままではアリシアたちに敵《かな》わずに殺されてしまうという忠告。

そこで彼が提案してきたのは、常識外れのレベル上げ方法だった。常人が、命ある者が思いつくとは思えない、過酷な鍛錬方法。

そこでユミエラの不機嫌さを察知したのか、声は気遣うような言葉を発する。

「どうした？　隣の世界に乗り込むのは明日だぞ？」

「はあ……それはちゃんと行くわよ。本当アンタって人の事情を考えないわよね。あの頭のおかしいレベル上げ方法を思いついただけあるわ」

「違うぞ。貴様に伝授した方法はオレが考えたものではない」

「はあ？　アンタ以外に誰がいるのよ？」

「アレを実行してのけたのは貴様だぞ。並行世界の貴様だ。明日、戦う相手でもある」

ユミエラが戦う相手とは並行世界の自分自身。前々から聞いていたことだったが、そんな相手だとは思ってもいなかった。どうせ自分と同じように陰鬱《いんうつ》とした人生を送っている人間だと考えていたのだが……。

ユミエラは、今までは微塵《みじん》も興味がなかった別な自分に興味が湧《わ》いてきた。

「その別な私ってどんなやつ？　私とは違うの？」

「全く違うな。人間の区別が付かないオレが言うのだから相当だろう。やつは貴様よりもずっと強い」

「何よ、それ。じゃあそっちの私に、私を殺させればいいじゃない。アンタはレベル上限を解放した手下が増えればそれでいいんでしょ？」

「ふむ……そうもいかんのだ。向こうの貴様は付け入る隙が無い。貴様のように世界を憎んでもいない。やりづらい相手なのだよ」

世界を憎まない自分を、ユミエラは想像することができなかった。過去に戻って人生をやり直せたとしても、自分はこの世界が嫌いなままだろう。

「何でそんな私がいるのかしらね」

「その理由は簡単だ。オレが仕組んだ」

「具体的には？」

「オレは貴様に目を付けていたのだよ。能力は人間の中で圧倒的だ。手駒に欲しくてしょうがなかった。だが、貴様は死ぬのだ。オレが幾ら干渉しても結末は変わらない」

ユミエラはアリシアたちとの戦いを思い出す。あの四人との死闘はギリギリだった。あの頭のおかしいレベル上げをしていなければ、間違いなく死んでいたのは自分の方だった。

それくらいに彼らは強く、ユミエラにとっては相性が最悪だった。

そこで声の主は何をしたのか、ユミエラは話に耳を傾ける。

「そこで物は試しと思ってだな、貴様の中に別な魂を入れてみた。次元の狭間《はざま》を漂う弱々しい魂だ。まず駄目であろうが、それを試すほどには悩んでいたのだ」

「そいつが私の相手ってわけね？」

「その通り。思いがけない拾い物だった。しかも、オレの失《う》せ物すら見つけてのけた。驚愕《きょうがく》すべきことだな」

「その私は、どう生きているの？」

「領主？　とやらになって何もせずに生きている。本当につまらない人間だ」

「ふーん。興味ないけどね」

領主になったということは父親から伯爵位を継いだのだろうか。何をどうすれば、そんな結果が訪れたのかユミエラには想像がつかなかった。


ユミエラはもう一度、自分の人生を振り返る。

必死に見えなかったふりをしていたが、自分が救われる道はあったはずだ。救いの手はすぐそばまで来ていたはずだ。

まずは自分の力だけで生きる道。この強さがあれば、どの国に行ってもある程度はやっていけただろう。

次に周囲の人物に助けを求める道。

散々嫌っていたエレノーラは周囲に踊らされていただけで、悪い人間ではなかったように思う。恥も外聞も無く助けを求めれば、何かが変わっていたのかもしれない。


ユミエラが最後に思い出したのは、学園でたまに話しかけてくれた彼だ。

困りごとは無いかと気にかけてくれた彼は、間違いなくユミエラの希望だったはずだ。しかし、その救いの手を払いのけたのは、他でもない自分自身。彼が辺境伯の生まれだからと、王国中央への影響力が少ないからと、親しくすることはなかった。

「中央みたいにドロドロしてなさそうだし、辺境伯領なら平和に暮らせたのかな……ねえ――」

彼の名前を言いそうになって口を押さえる。詳細は分からないが、彼も魔物の波に飲み込まれて死んだはずだ。自分が殺したも同然であると、ユミエラは思う。

「どうした？　また戦意が落ちているようだが？」

「そんなはず無いでしょ。もう私は後戻りできない。気に入らないやつは全員殺すって決めてるの」

平和に生きる並行世界の自分について知れて、ユミエラは良かったと思った。

自分とは違いすぎる自分を知って、決意が固くなった。

倒すべき存在は、たった一つ。

四章　裏ボス、裏ボスと殴り合う

エリクサーを手に入れ、私の剣が私の心にぶっ刺さりだったことが分かった翌日。

並行世界の私対策でやることは特に無くなってしまった。彼女がこの世界に来るのは明日かもしれないし、一年後かもしれない。

諸々《もろもろ》の書類を整理したり、拡張工事が進んでいる村を見に行ったりと、平常通りに過ごすつもりだ。でも今日だけはゆっくりしよう。ここ数日の間に色々あって少し疲れた。久しぶりに本でも読もうかな。

新しい本を買っても良いかもしれないなどと考えながら、屋敷の書庫を検《あらた》めたり。のんびりとした時間が過ぎる平和な一日だった。

並行世界の私が攻めてくるなんて、レムンの杞憂《きゆう》だったのかも。そう思えるくらいには落ち着いた一日だった。


もう夕方。今日という日を、何事もなく終えることができそうだ。……と思っていたタイミングで影から声が。

「お姉さん！　次元の歪《ゆが》みを確認した！　今すぐ来て！」

私の影から黒髪の神様、レムンが現れる。

え、もう来たの？

◆◆◆

パトリックを呼んで屋敷を出る。

準備しておいたので、すぐにフル装備で出られた。

エレノーラはお留守番。というか、事情を説明したら付いていくと言い出しそうなので、並行世界の話は一切秘密にしている。

「場所は？　どこですか？」

「すぐ近く」

「じゃあリューもお留守番で」

「どうして？　あのドラゴンなら戦力になると思うけれど」

「は⁉　リュー君を危ない所に連れていく気ですか⁉」

「ああ、うん、ごめん」

レムンの影の中からの指示に従い走る。

少し遅れてパトリックも追いついてきた。

「休む暇も無いな」

「ほんとにね」

「場所は？」

「そこまで離れてないって。どこらへんですか？」

するとレムンから、あと数分で着くとの返答が来た。

ドルクネスの街からあまり離れていない場所だ。このペースだと多分、前にヒルローズ公爵が待ち伏せていた辺りのはず。

街に近いことを喜ぶべきか嘆くべきか。何とか市街地への被害は避けられそうで良かった。

その場所は見てすぐに分かった。

レムンは次元の歪みと形容したが、まさにその通り。

空間が歪んでいる。向こうの景色《けしき》が捻《ねじ》れて見える。

「これか」

「これだね」

私たちは少し離れた場所で足を止めた。まだレムンは影から出てこない。

まじまじと捻れた空間を観察し……もっと近くで見たいな。触ったらどうなるんだろう。

知的好奇心を刺激された私が走り出そうとすると、パトリックに肩を掴《つか》まれる。

「おい、今何をしようとした？」

「ちょっとだけ、触ってみようかなって」

「あれは見るからに危ないだろ」

「知識への飽くなき探究が人間をここまで進化させたの。ちょっと触るくらい良くない？」

彼は私の肩にこめる力を強めた。

別に、触った瞬間に殺人光線が放出されるわけでもあるまいに。デーモン・コアより安心安全な次元の歪みくらい触ってもいいと思うけれど。

「分かりましたー。じゃあ石を投げるのはいいでしょ？」

「まあ、それくらいなら……どうなんだ？」

パトリックは私の足元に声を投げかける。

すると、返ってきたのは投げやりな言葉だった。

「いいんじゃない？」

よし、レムンの許可も下りたので石を投げてみよう。

繋《つな》がっているであろう並行世界へと消えていくのか、捻れた空間に従って軌道を変えるのか、それとも何の影響も無いのか。気になって仕方がない。

私は足元から手頃な小石を拾い、次元の歪みに向かって軽く投げた。

手から石が離れたとほぼ同時、捻れた空間がゆらゆらと揺れる。揺れは段々と大きくなり、空間の歪みから現れたのは……私だ。

あれが並行世界のユミエラ。彼女の顔面に石が直撃する。

「あっ」

「……手荒い歓迎ね」

ごめんなさい、わざとじゃないんです。怒らないでください。

流石《さすが》ユミエラなだけあって、痛がる素振りは見せない。

もう一人の私は、当たり前だが私そっくりだった。違う点は髪の長さだろうか。伸び切った黒髪で右目が完全に隠れてしまっている。

あとは服装が違う。真っ黒なゴスロリ風ドレスは、ゲームでも裏ボスユミエラが着ていた記憶がある。どこから持ってきたんだあれ。

彼女は私とパトリックを順番に見てから呟《つぶや》く。

「ふーん、そういうこと。なるほどね。本当に気に入らないわね」

「すみません、ええっと……なんて呼べばいい？」

ある程度の間合いを保持したまま声をかける。

会話すら出来ない可能性を考慮していたが、彼女は素直に返答する。

「アンタが私の名前を知らないはずないでしょ。ユミエラ・ドルクネスよ。好きに呼んで」

「私もユミエラだから色々と不便じゃない？」

「そうね。じゃあアンタがアホに改名したら？　アホっぽい顔してるし」

「顔は……私もあなたも一緒じゃない？」

彼女はしまったという表情をする。もしかしてこの子こそがアホなのでは？

真面目《まじめ》に呼び分けの方法を考えよう。ユミエラ・オルタ、ブラックユミエラ、アナザーユミエラ……う～ん、どちらかと言えば私の方がオルタでブラックでアナザーだしなあ。

オリジナルに近いのは向こうなので、改名すべきは私か？　でも変えたら二番手みたいな扱いを受けそうで嫌だなあ。

では、シンプルにナンバリングでいくか。

「じゃあ1号と2号で。私が1号、あなたが2号」

「は？　どうして私が2なのよ？」

「分かった。それじゃあ、あなたが1号、私がV3」

「どうして2を飛ばすのよ⁉　あとVはどこから来たの⁉」

ええー。わがままだなあ。

力の1号、パワーの2号は不服だと言うから代替案としてV3を出したのに。でも確かに数字が飛ぶのは気になる。私がもう一人出てくる伏線になっても困るし。

じゃあ彼女は1号のままで。連番にして……。

「数字飛ばしが嫌なら0と1にしよっか。あなたが1号、私がゼロノス」

「だから！　何で余計なのが付くのよ⁉」

「ゼロノス？　何それ？　記憶にないのに何故《なぜ》か悲しく……」

「アンタが言ったんでしょうが！」

少しふざけつつ探って確信した。彼女は間違いなく私ではない。日本の記憶は一切無い、完全に別の人格だ。

もし、彼女が前世の記憶持ちの私だったら、今頃《いまごろ》はゼロノスの取り合いで取っ組み合いになっているだろう。

「お互いに好きなライダーの名前を名乗ることにしよう。アマゾンでもキックホッパーでも好きなのを選んじゃっていいよ」

「……もう私は2号でいいわよ。アンタは1号ね」

「えっ、それでいいならいいけど……」

少し残念。でも分かりやすさ重視なら1号と2号がいいのかな？

右手を腰に、左手を斜め上にピンと伸ばして叫ぶ。

「変身！」

「……何してんのよ？」

ユミエラ2号に白けた目で見られる。

居たたまれなくなりパトリックに助けを求めるが、彼も冷めた目をしていた。いや、やらなきゃ駄目じゃん？　私はユミエラ1号なんだよ？

童心に返りすぎて少々恥ずかしくなった私は、わざとらしく咳払《せきばら》いをして言う。

「便宜上の呼び分けも出来たところで……2号の目的は私で合ってる？」

「そうよ。私の目的はアンタ」

やはり彼女の目的は私か。私を倒してレベル上限を解放することが狙《ねら》いだ。

ずっと不機嫌そうな2号は、パトリックを指差して言う。

「で？　そいつは何よ？」

「俺は――」

パトリックが自己紹介をしようとしたところで、私は衝撃的な事実に気がついた。

彼を見る2号の視線は、私に向けられたものと明らかに違う。私のときは視界に入るのすら不快といった様子だったが、今はどこか嬉《うれ》しそうに見える。

これは……中身は別でも好きな異性のタイプは同じだということだ。

まずいぞ。私と彼女の顔は完全に同じ。私の美しさに心酔しているパトリックさんは、2号にも陥落する可能性がある。

世界を滅ぼすような奴《やつ》は、人の恋人に色目を使うくらい平気でやるに違いない。

ここまで思い至るのに僅《わず》か〇・二秒。

余計なフラグを立てないためにも、会話が成立する前に割り込まなければ。

彼の腕に抱きつくべく、横に跳ぶ。

勢い余って肘《ひじ》が脇腹《わきばら》に突き刺さってしまった。パトリックから呻《うめ》き声が漏れたけど、会話を中断できたので良し。

パトリックの腕にしなだれかかり、頭もグリグリと擦《こす》りつけながらラブラブアピールだ。

「彼は私の恋人だけど？　あ、婚約もしてるもんね。あと数ヶ月で結婚するんだよねー」

「痛……ユミエラ、突然何だ？」

「ほら！　いつもみたいに熱い愛の言葉を囁《ささや》いて！」

「いつも?」

パトリックには視線で黙っているように訴えかける。こんなことしたのは初めてだと2号に悟られてはいけない。

そっと彼女を見ると、私を鋭い眼光で睨《にら》みつけていた。よし、効いてる効いてる。そうして2号は底冷えのするほど冷めた声で言う。

「乳繰り合ってんじゃないわよ」

「あれ? そう見えた? これくらい普通じゃない? あっ……恋人のいない2号さんには分からないか。ごめんね。あと、私の方が強い」

既に戦いは始まっているのだ。緒戦において私は優位に立っているはず。

私は知っている。「どうして彼氏作らないの?」という言葉の鋭利さを。本気で不思議そうに聞かれると余計に傷つく。最終的にガチトーンで謝られると更に効く。

苦しめ2号! 同じ痛みを知る者同士でも、今は敵だ。容赦はしない。

彼女は拳《こぶし》を握りしめて俯《うつむ》いている。流石に恥ずかしくなってきたので私はパトリックから離れ、2号に近づいた。そして下から顔を覗《のぞ》き込む。

「もしかして泣いてる? 一人ぼっちみたいだけどあまり落ち込まないでね。あと、私の方が強い」

「……そこを見なさい」

そう言って彼女は真下を指差した。

え？　地面に何か落ちてる？　下を向いて視線を動かすが何も見つからない。

何を見せたいのか問おうとしたところで、真上から衝撃が。遅れて後頭部に痛みが走る。

頭に踵落《かかと》としをされたと気がついたのは、顔面と地面が激突したときだ。うつ伏せに倒されてしまった。

「卑怯《ひきょう》な――」

「ほら、アンタの方が強いんでしょ？　早く起き上がりなさいよ」

文句を言おうと起き上がりかけた直後、またしても頭上から衝撃が。何度も、何度も、何度も。

後頭部を執拗《しつよう》に踏みつけられている。頭がどんどん土に沈み込む。

2号は踏みつけを止《や》め、私の頭をグリグリと踏みにじり始めた。

「気を失っちゃったかしら？　口だけ達者な――」

「先に手を出したのはそっちだからね」

私は頭の後ろに手を回し、2号の足首を掴んだ。寝ていても反撃くらいできる。

彼女は拘束から逃れるべく足を引っ込めようとするが……放さないよ。

「何よ？　放しなさいよ。アンタはそのまま地面に転がってたらいいの」

「転がる？　よしきた」

「きゃっ」

彼女の足首を掴んだまま地面を転がる。仰向《あおむ》けになったタイミングで両手を使い束縛を強め、更に転がる。

ユミエラ2号は踏ん張りが利かずバランスを崩した。私はそのまま回転、自分を軸にして2号をブン回す。

そしてメカクレでゴスロリなユミエラは、うつ伏せに倒れて地面に激突した。

私は勝利の雄叫《おたけ》びを上げる。

「おらっしゃあ！」

ここからが本番だ。素早く立ち上がり、また彼女の足首を片方掴《つか》んだ。

そうして、持ち上げて振り下ろしを繰り返す。ハンマーを地面に叩《たた》きつけるように、ユミエラ2号を打ち下ろす。何度も何度も何度も。

もちろん顔から土に突っ込むように角度を微調整する。目には目を、歯には歯を、顔に土には顔に土をだ。

そこでパトリックからストップがかかる。

「そこまでだ」

彼は本当に悲しそうな顔をしていた。

私は地面に2号を叩きつける手を止めて、彼女を見る。全身の力が抜けてだらりと横たわる少女は、何度見ても私にそっくりな顔をしていて……。

ハッとしてパトリックを見返す。

「ユミエラ同士の殴り合いを見るのは、想像よりも辛《つら》いものがあるな……」

「パトリック……」

彼の気持ちも分かるような？

私だって、パトリックとパトリックの顔をした人が泥臭く殴り合う場面を目撃したら……ん？

私ならパトリックの方に加勢するな。だって相手は同じ顔でも別人だし。

「え？　パトリックは2号の味方をするってこと？　同じ顔なら誰《だれ》でもいいの？」

「いや、見るに堪えないというだけで……」

「ふーん、2号の肩を持つんだ。先に手を出したのは向こうだよ」

「ユミエラも悪かった。無駄に煽《あお》りすぎだ」

私は煽ってない。私は、相手より精神的に優位に立とうとしただけだ。煽りではなくマウント。どちらが悪質かは意見が分かれるところである。

……まあ、私も悪かったよ。喧嘩《けんか》を売りに行ったのは私の方かもしれない。謝らないけど。

不貞腐《ふてくさ》れるようにパトリックから顔を逸《そ》らすと、2号が起き上がるところだった。

彼女は乱れた服装を軽く整えつつ、私を睨む。

「アンタ、恋人がいることが特別なことだと思ってない？」

「え？」

「世の中の普通の人ってのはね、普通に友達がいて普通に恋人がいるのよ。そして普通に結婚して普通に子供を産むのよ」

「え……うん……はい」

「その普通のことを盾にして優位に立とうなんて哀れだと思わない？　一人で買い物に行けること

を誇る子供みたい。それは子供だから許されるのであって、大の大人が誰でもできることを自慢し始めたら終わりよね」

「……仰《おつしや》るとおりです」

……泣きそう。自分と同じ顔をした人に言われるのが余計に辛い。多分、私自身も心のどこかで同じことを考えていたのだと思う。

煽るだけ煽って、パトリックに止められても不貞腐れて、私の性格が悪すぎる。本当に泣きそうになっていると、ユミエラ2号は口の端を吊《つ》り上げて続けた。

「あとね、本当に幸せな人は、自分は幸せですってアピールしないのよ。アンタが自慢の恋人さんとわざとらしくイチャついたのを見て思ったのよ。ああ、男女関係が上手《うま》くいってないんだなあ……って」

「……順風満帆だよ。結婚式の日取りも決まったし」

「へー、結婚して……それで？　結婚したら自動的に関係性が進展して、物事が良い方向に進むと思ってない？　結婚は魔法の儀式でも、人生のゴールでもないのよ？」

結婚したことないやつが結婚を批判するなよ。彼氏いないくせに……駄目だ、恋人の有無による優位性は既に失われている。ぐう……何も言い返せない。

それを良いことに、2号は更に畳み掛けてくる。

「そもそもおかしいと思ったのよ。別人とはいえ、私よ？　ユミエラ・ドルクネスよ？　まっとうに恋愛なんかできるわけないじゃない。アンタ、辺境伯家のソイツに騙《だま》されてるのよ」

私はつい、パトリックの顔を見そうになった。騙されていないことを確認しようとした。

駄目だ。そんなことしたら、彼を信用していないみたいじゃないか。

同じく顔でも、今はパトリックよりユミエラ2号。同じく顔でも、今は見るより殴る。

「パトリックのことは悪く言わないで！」

ユミエラ2号に飛びかかり、顔面をグーパンする。そのまま押し倒して馬乗りになり、両手で殴打を続けた。

彼女も私の顔を殴る。しかし下から上へのパンチは力が入っておらず、全く効かない。無駄無駄無駄。

「やめろユミエラ！　ユミエラが可哀相《かわいそう》だろ！」

今回のストップも早かった。パトリックに肩を掴まれて後ろに引っ張られる。

パトリックを悪く言わないで、と言ったのは彼を足止めする意図も含まれていた。しかし、あまり意味がなかったようだ。舌戦で勝てないから殴り合いに持ち込んだ私の考えを読まれたのかもしれない。

完全に2号から引き剥《は》がされてしまった。彼女は寝たまま、私はパトリックに肩を押さえられて、互いに睨み合う。

私が力を抜いたのを確認して、パトリックは大きくため息をつく。

「どうしてお前たちは、執拗に顔を狙《ねら》い合うんだ」

「「顔が気に入らないから」」

私と2号の声が重なる。同じ声なので、一瞬だけ自分の声が反響しているのかと思った。

まあ、お互いの相性が最悪なのは分かっていた。しかし予想外なことに、今まで一度も殺し合いに発展していない。


起き上がった2号に尋ねる。

「この後どうする？　もう暗くなるけど泊まってく？」

「アンタの家で寝たくない」

「じゃあ2号はここで野宿しといて、私は明日また来るから」

「は？　普通は頭を下げてでも客人を招くべきよね？」

ああ、泊まりたいのね。でも借りを作る感じにはしたくないのね。面倒な性格だ。

ここは私が大人になろう。ぜひ我が家にお越しくださいと頭を下げて……嫌だな。本当に野宿させてやろうか。

すると、パトリックが小声で耳打ちしてきた。

「どういうことだ？　彼女を招いていいのか？」

「大丈夫だと思うけどね。2号って思ったより友好的だし」

「……友好？」

「だって、今まで一度も魔法を使ってないから」

殴り合いを数回したが、私と2号は本気ではない。相手を殺すつもりなら、初手ブラックホールが安定なのだ。それどころか武器も魔法も使っていない彼女は、平和的な話し合いをする気があるということ。

その意図は彼にも伝わったようだった。

「ああ、なるほど……あの壮絶な殴り合いを見せられて、そこまで考えが及ばなかった」

「壮絶？　どっちも血とか出てないよ？」

血も出ていないし、痕が残る痣《あざ》もできていないはずだ。

それに首を絞めたりなどの殺意の大きい攻撃はお互いにしていない。あ、あとは目玉を抉《えぐ》ったりもしてないし。

もちろん、そこそこの力は入れて殴った。そこそこのユミエラパンチと、つよつよなユミエラ防御力。後者が強かっただけの話だ。

しばらく小声での作戦会議をしていたところ、2号は自分が無視されていると思ったようだ。イライラに若干の不安を含ませた声を発する。

「分かった！　分かったわよ！　アンタの家に泊めてください。これで満足？」

「ホントに一人で野宿させるわけないでしょ……あ、一人に慣れすぎちゃったの？　流石《さすが》の私もそこまでじゃないわ」

「殺す」

またしても殴りかかってくる2号。

今度は彼女もマウントポジションを取ろうとする。私も有利ポジにつこうとして2号をひっくり返す。

私たちはそれを繰り返し、取っ組み合いながら地面をゴロゴロと転がる。

天地が幾度も反転する中、パトリックの声が聞こえた。

「もう止めないからな。今までの全部、両方悪い」

パトリックって2号にちょっと甘くない？　婚約者である私と、初対面の2号、どう考えても前者の味方をするべきでは？

やっぱり顔かな。顔が同じだからかな。2号の顔がパトリックのタイプど真ん中なのは間違いない。しかし、顔が同じだからといっても……もしかして私が気づいていないだけで誘惑されていた？

そして転げ回りながらの乱戦に、罵《のの》り合いが追加される。

「パトリックに色目使わないで！　このメカクレゴスロリ女！」

「はあ!?　そんなことしてないわよ！　この恋愛下手くそ！」

「恋愛未経験の人に言われたくないですう」

「さっきから恋愛恋愛……頭の中にお花畑でもあるの？」

「頭の中には無い！　お花畑の似合う乙女だけど！」

「はあ!?　この無表情！　何考えてるか分かんなくて気持ち悪いのよ！」

「だから！　それは両方でしょうが！」

「じゃあアンタもピーマン食べられないのね！　子供舌！」

「え、普通に食べられるけど……フリフリ衣装が似合ってない！」

「そうなの？　それは偉いわね……服のセンスが地味！」

転げ回りながらの罵倒《ばとう》合戦はしばらく続いた。

私も2号も、悪口のレパートリーが尽きてくる。

「バカ！」

「アホ！」

何でこんなことしてるんだろう。地面をゴロゴロ転がりながら疑問に思う。

そして私たちはどちらが言い出すでもなく殴り合いをやめる。もう何に怒っていたのかも思い出せない。

「……どうしてこうなったんだっけ？」

「……さあ？　忘れたわ」

喧嘩の原因は彼女も分からないようだ。

立ち上がった私たちは顔を見合わせて、同じ方向に首を傾《かし》げる。動いたのが同時だったこともあり、鏡のように感じる。

試しに右手を上げてみる。向かいの彼女は左手を上げた。

上げた手を軽く振ってみる。向かいの彼女も手を振った。

「「なんだ鏡か」」

完璧《かんぺき》じゃん。あとはボールだ。弾むボールと弾まないボールを用意しないと。

代用品があったりしないかと周囲を見回すと、すぐそばから私たちの様子を見ていたパトリックと目が合った。

「お前たちは仲がいいのか？　悪いのか？」

「悪いでしょ」

「当たり前よね」

常識的に考えて、仲良しと殴り合いなんてしない。

何をもってして、彼が1号2号仲良し説を提唱したのかは謎だ。どう見ても険悪ムードじゃん。

同じ顔の別人と仲良くするというのがまず無理な話だ。別なはずの中身が微妙に似通っているのも不愉快だ。多分、彼女も似たようなことを考えているんだろうな。あー、嫌だ。


取っ組み合いをしているうちに日は完全に沈んでしまった。完全に暗くなる前に帰ろう。

「じゃあ帰ろうか。2号も来るって言ったよね？」

「アンタがどうしてもって言うからね」

言ったっけ？　2号が泊めてくださいって言った気がするが、指摘したらまた拳《こぶし》の語り合いになりそうだ。ここは黙っておこう。

「別に知らない家でもないでしょ？　2号も昔、住んでたよね？」

「あそこに思い入れなんてあるわけないじゃない。一人で部屋にこもっていただけ、寝て起きて食事をしただけ。一番会話をしたのは外から来た家庭教師よ」

「あー、私も少し前まで同じ感じだった。学園の寮も似たもんだったし、自分の帰る場所がなかったよね」

「……そう、アンタもユミエラだったわね」

「え？　そりゃあそうだけど……」

「じゃあ、どうして…………アンタと私は…………いや、何でもないわ」

ユミエラ2号はそう呟《つぶや》いて明後日《あさって》の方向を見る。その先に何かあるのかと視線をやるが、暗い空が広がっているだけだった。


そして私たちは微妙な空気感で帰路につく。

2号と出会って以来、パトリックはテンション低めだし、レムンは私の影に入ったままで一言も喋《しゃべ》らないし、当の2号は不機嫌全開だし。私も陰鬱《いんうつ》だ。

さて、屋敷に帰って2号をどう説明しよう。世界を滅ぼしたとか言えるわけないし、偶然出会ったそっくりさんで押し通すのも無理がある。

エレノーラに会わせて良いかも分からない。

こうして2号と友好的に接しているのも、彼女がすぐさま事を起こす気が無いからだ。今は良くても、いつかはどちらかが死ぬまでの戦いになる。

事件の始まりから既に決められていたバッドエンドを、私とパトリックは割り切れても、エレノーラは納得できないと思う。

無言のままでドルクネスの街を歩く。私とパトリックは横に並んで、2号は少し後ろを。

人の少ない通りを選んで歩いたので、すれ違う人は少ない。薄暗くなった街では、私だと気づかれなかったし、私と瓜二つ《うりふた》の人物がいることも気づかれていない。

この暗さで昼間と変わらぬ視力を発揮できるのは私たち三人くらいだろう。


もう屋敷が見えてきた。うーん、遠回りとかして時間を稼げばよかった。2号をどう説明するか考え終わっていない。

どうしてだろう。言い出したのは私なのに、彼女を家に招いたら物事が悪い方向に進む気がする。喧嘩《けんか》をしたり鏡の真似《まね》をしたり比較的平和なやり取りをしていた2号と、取り返しのつかないことになりそうな気がする。

それで一番傷つくのは私かパトリックかエレノーラか……はたまた彼女か。

今ならまだ引き返せる。もう帰りたくない方に傾いてしまった気持ちのまま、目前まで迫った屋敷を見る。

すると、建物の陰になっている裏庭からひょこっと可愛らしい頭が。キョロキョロと大きな頭を動かし、私を見つけたようだ。

「リュー君！　ただいま！」

私のリュー君は今日も可愛い。昨日《きのう》も可愛かったし、明日もきっと可愛いだろう。

こんな愛くるしいドラゴンをおいて、家に帰りたくないなんて口が裂けても言えない。ユミエラ2号が何だ、そこら辺で拾ったと言えばいい。リューの教育に悪いことをするようなら、すぐさま追い出せばいい。

悩みが全《すべ》て吹っ飛んだ私は、リューに向かって走り出す。本当にくだらないことで悩んでいたものだ。リューの可愛さに比べれば、世界のほぼ全ては些事《さじ》に変わる。

リューも私を迎えるべく、大きな翼を一振り。二階建ての建物を軽々と飛び越え、屋敷の正面側に回る。

毎日会っているのに、なんなら今日も数時間前に一緒にいたのに、毎回顔を合わせるたびに数年ぶりの再会のように喜んでくれる。そんなリューに私も全力で応《こた》える。

リューは首をもたげて頭を下げてくれた。よし分かった、私はリューの頭に思い切り抱きつく。そして顎《あご》の下を揉《も》みくちゃに撫《な》で回した。

「リュー君、いい子にしてて偉いね！　おかえりなさいが出来て偉いね！　グルグル言えて偉いね！」

至福。リューが鳴らす喉《のど》の音を聞くために生きてきた。可愛らしい仕草を見るために生きている。ひんやりとした鱗《うろこ》に頬ずりするために生きていこう。過去現在未来の全てはリューのためにある。

癒やしの時間を過ごしていると、後ろから声が。そう言えばユミエラ2号とかいう、よく分からないのがいたんだった。

彼女とパトリックの話し声が聞こえる。

「私は何を見せられているのよ」

「あー、あれは……ああいうものだと慣れてもらうしかない」

「アンタ、あんなののどこを好きになったの？　頭おかしいの？」

「……まあ、俺もどこかおかしいんだろうな」

名残惜しいがリューから離れて振り返る。

ユミエラ2号はジロジロと無遠慮にリューを眺め回していた。

リューも彼女に気がついたようで、目を丸くして驚き、私と2号を交互に見つめる。だよね、同じ顔の人がいたらびっくりするよね。

2号にはもったいない気もするが、自慢の息子を紹介することにしよう。

「この子はリュー君。どう？　可愛いでしょ？」

「……人懐っこいドラゴンって気持ち悪いわね」

何てこと言うんだ。慌てて確認すると、私と同じ顔の人物に気持ち悪いと言われたことでリューはシュンとしていた。

「ちょっと⁉　なんて酷《ひど》いこと言うの⁉」

「ああ、ごめんなさいね。言葉分かるのね」

「リュー君、あんな奴《やつ》の言うこと気にしなくていいからね。私とアイツは別人だからね！」

可哀相に。こんなに落ち込んで。

やはり2号とは相容《あいい》れないな。リューの頭をよしよしと撫でながら彼女を睨《にら》みつける。

「悪かったわよ。アンタのペット、悪くないわよ」

「は⁉　ペットじゃなくて家族なんですけど⁉」

「……そう、家族ね。あー、じゃあ、何食べてるの？　エサって何？」

「は⁉　エサじゃなくてご飯なんですけど⁉」

「アンタ面倒くさいわね」

リューを散々貶《けな》した挙げ句、面倒くさいだと？

これは開戦不可避だ。ボッコボコですよ、ボッコボコ。

もう魔法を使わないとか言ってられない。ユミエラ対ユミエラの戦いでは初手ブラックホール安定。

ユミエラ2号を跡形もなく消し去れば諸問題は全て片付く。勝ったッ！　第三巻完！

そう考えていたところ、背中から弱々しい声が聞こえる。振り返るとリューが悲しげな瞳《ひとみ》でグルルと鳴いていた。ああ、私には分かる。「僕のために争わないで」と訴えかけているのだ。

「ごめんね。乱暴なお母さんでごめんね。暴力で解決しちゃ駄目だよね。リューは優しい子だからね」

「私は何を見せられてんのよ？」

そんなわけで決戦は持ち越しとなった。リューが優しくて良かったな。

さて、ずっとリューとイチャイチャしているわけにもいかない。そろそろ家の中に入ろうかというタイミングで、一番聞きたくない声が。

「ユミエラさん？　突然出て行かれて心配いたしましたのよ？」

あーあ。エレノーラに見つかっちゃった。

どう説明しようかと2号を見ると、彼女も嫌そうな顔をしていた。あ、そりゃ知ってるよね。

「どうして公爵令嬢がここにいるのよ？」

「色々あってヒルローズ公爵家は取り潰《つぶ》しになったの。それで今は……居候みたいな？」

「はあ？　どういう――」

2号は没落令嬢の詳細を聞こうとするが、そういう会話はしばらく無理だと思う。エレノーラが現れた時点で、全ては彼女のペースになる。

エレノーラは私の声を聞いて外に出てきたようだ。リューの陰に隠れている私ではなく、2号に一直線に向かう。

近づいて服装や髪型の違いに気がつき、別人だと――

「わあ！　素敵なドレス！　これ、どうしましたの？　フリフリ、いつもは嫌がりますわよね？あっ、少し見ないうちに髪が伸びましたわね。そろそろ切らないとダメですわ」

あ、気づいてないじゃん。

ゴスロリドレスを観察するべく周囲をグルグル回るエレノーラに、2号は鬱陶《うっとう》しそうにしている。

「ちょっと！　近いのよ、離れなさい！」

「やっぱりユミエラさんは真っ黒のお洋服も似合いますわ！　本当に素敵！」

「だから！　私はアンタの知ってるユミエラじゃないのよ！」

「分かっていますわ。わたくし、ユミエラさんの知らない一面が見られて嬉《うれ》しいですわ！」

エレノーラ様が鋼メンタルすぎる。暴言を吐かれてダメージを受けたリューは、とても繊細な子なのだと改めて認識した。

流石に可哀相なので私はエレノーラの肩を叩《たた》く。ちなみに、可哀相なのは2号の方だ。

「あの、私はこっちです」

「え？　ユミエラさん？」

「私がいつものユミエラで、向こうの彼女は……そっくりさんです」

エレノーラは私と2号を見比べて黙り込む。

咄嗟《とっさ》に出てしまったけれど、そっくりさんは無理が――

「本当にそっくりですわね！　全然見分けがつきませんわ」

「え？」

マジ？　信じちゃうの？　そこまで行くと純粋な子の枠を越えているぞ。

「はじめまして、ユミエラさんのそっくりさん。わたくしはエレノーラ、貴女《あなた》のお名前は？」

「ユミエラよ」

「まあ！　お名前も一緒ですのね！　すごい偶然！」

おおう、私はエレノーラ様を見くびっていたかもしれない。皮肉とかではなく本気ですごいと思った。サンタさんを信じていた時期を思い出す。あの頃《ころ》の純粋さを、私はどこに忘れてきたのだろうか。

エレノーラは改めて2号を観察し始める。暗がりでよく見ようと、くっつきそうな程に顔が近い。

対する彼女は顔をしかめてそっぽを向いた。やろうと思えば、力ずくで押しのけられるはずなのに、されるがままになっている。

やはり、2号はそこまで悪い人でもない気がする。でも世界を滅ぼしちゃったんだよなあ。

そんなチグハグな彼女は、私を睨みつけて言う。

「ちょっと、コイツをどうにかしなさいよ」

「あっ！　口調がちょっと違いますわね。少しお話ししたら分かりそうですわ」

「エレノーラ様、私のそっくりさんが困ってますから」

私はエレノーラの両肩を掴《つか》み、後ろに引き剥《は》がす。不満そうにしながらも抵抗することはなかった。そうして肩を掴んだまま、彼女を屋敷の方へと押していく。

「はい、お家《うち》に入りましょうね。リューもあまり構えなくてごめんね」


名残惜しいがリューと別れ、家の中に入る。

扉を開けてすぐにリタが出迎えてくれた。

「おかえりなさいませ。夕食の準備は整っておりますが、いかがいたしましょうか」

「あー、それなんだけど、一人分多くお願いできる？　お客さんが一人いてね」

「問題ありませんが……お客様ですか？」

リタは珍しいこともあるものだと、目を丸くして驚く。実際に客人なんて滅多に来ないから驚くのは当然なんだけど、うん。これからは、もう少し交友関係を広げてもいいかもしれない。

すぐに背後から音がする。パトリックと2号も来たようだ。

リタは一礼をしてから顔を上げ、客人を見て固まった。

「いらっしゃいま…………え？　ユミエラ様？」

「ふーん、アンタもいるんだ。分かってはいたけれど見知った顔ばかりね。旦那《だんな》様と奥様の使いっぱしりはやめたの？　強い方の味方ってわけ？」

2号はリタも嫌いだったか。初期の関係性のままなら仕方ないかな。

推察するに、彼女から見たリタは両親の意向をただ伝えるだけの人だったようだ。私も暗殺未遂の一件が無ければ同じだったと思う。

しかし、その怒りをこちらの彼女に向けるのはお門違いだ。戸惑うリタを庇《かば》おうとしたところで、2号は声の調子を落として続ける。

「……悪かったわよ。こっちのアンタは関係ないわよね」

私と瓜二つな人物に悪意を向けられ、すぐさま謝られ、リタは混乱して視線を彷徨《さまよ》わせている。何を言えば良いのか分からないのだろう。

「リタ、この人がお客さん。……ただ私にそっくりな人。あ、悪いんだけど客間の用意もお願い」

「……ユミエラ様がそう仰《おつしや》るのでしたら」

「ありがとうね」

ただ似ている人なはずがないのだが、リタは素直に頷《うなず》いた。エレノーラとは違い、私が言ったから嘘《うそ》だと分かっていても納得してみせたのだと思う。

◆　◆　◆

ダイニングに移動しての夕食。ユミエラ二人に、パトリックとエレノーラ。名前だけ見ればいつもと同じだ。

シチューを口に運びながら、私はもう一人の私の様子を窺《うかが》う。エレノーラの熱視線を華麗に無視しながら、ゆっくりと上品な動作で食事をしていた。

外見だけでなく所作も似ているのか。いや、僅差《きんさ》で私の方が優雅なはずだ。

じっと2号を観察していたエレノーラが感想を述べる。

「こっちのユミエラさんの方が何というか……気品がありますわね」

「私の方が気品あります！」

「ちょっと、人が食事している横でギャーギャー騒がないでよ。ここは蛮族の集まりなのかしら？」

お上品でいらっしゃる彼女は、口元を吊《つ》り上げ品の無い笑い方をする。

蛮族とまで言われたら黙っていられない。また殴り合いで決着を……あ、私って本当に野蛮なのかも。

私が何も言い返せずに歯噛《はが》みしていると、彼女はつまらなそうに言う。

「温かい食べ物も久しぶりなんだから、少しは味わわせなさいよ」

「……今まで何食べてたの？」

「保存の利くものなんて幾らでもあるでしょ」

確かに軍用の保存食など、長期間保存できる食べ物はある。しかし、この世界は缶詰なども無く、保存技術も拙い。ただ塩辛い干し肉や、味を度外視して作られた固いパンなど、総じて不味《まず》いと言われている。

「自分で料理すれば良かったのに」

「料理なんてできるわけないじゃない。アンタも無理でしょ？」

「料理？　できるよ」

「嘘ね」

はー、恋人が出来るか出来ないかはこういうところの違いなんだろうな。料理くらい私でもできる。モテる女子の必須《ひっす》スキルだしね。

少し前にもパトリックに愛情たっぷりの手料理を振る舞ったりした。彼が三日寝込んだり、キッチンへの出入り禁止が言い渡されたりしたけれど、料理ができることは証明できているはずだ。

端《はな》から嘘と決めつけてくる2号ちゃんに言ってやってくださいよ。そういう視線をパトリックに送るが、すぐさま目を逸《そ》らされた。

……あれ？　あ、エレノーラは食べてないが料理の完成品を見たはずだ。彼女に視線を送ろうとするが、顔は既に逸らされていた。どうして？

「……やっぱり嘘じゃないの」

「嘘じゃないもん」

料理のできない人に哀れんだ目で見られた。

できるのになあ。キッチン出入り禁止が無ければ、今すぐにでもお見舞いしてやるのになあ。

無言の時間で改めて思う。彼女は本当に世界を滅ぼしたのだ。誰《だれ》もいなくなった世界で一人、生きていたのだ。温かい食事すら久しぶりなんてあまりにも寂しい。

同情すべきは死んでいった世界中の人々のはずなのに、ユミエラの方に感情移入してしまう。

彼女は悪い人間ではない。いや、取り返しのつかない大罪を犯しているが、それでも根っからの悪人ではない。善悪の区別はついているし、周囲に憎悪を撒《ま》き散《ち》らしているわけでもない。

黙々と食事を取る彼女は、私よりもずっと大人しそうな印象で……。

裏ボス化したユミエラを倒せば終わりと思っていたこの一件、落とし所が見つかりそうにない。

◆　◆　◆

その後は特に会話もなく、早々に食事を取り終えたユミエラ2号は疲れたと言って客間に引っ込んでしまった。

私の部屋で、パトリックと二人で彼女について語る。

「はあ……思ってたのと違うなあ。もっと、極悪な感じだったらやりやすかったんだけど」

「そうだな。彼女はあまりに……」

「もういっそのこと、こっちに移住してもらうとか……うーん、それも何かダメな気がする」

ユミエラ2号に同情はするが、彼女が許されて良いのかは分からない。世界滅亡、もう済んだことで片付けるにはあまりに大きすぎる。

彼女が何をどう償えば良いのかも想像がつかない。

「彼女は、初めて会ったときのユミエラに似ていると思った。自分も含め世界の全《すべ》てを客観視しているような、当事者意識の欠如とでも言うか……」

「あー、昔の私ってそんな感じだったかも。いざとなったら国外に逃げればいいやって思ってたから」

昔はそうだったが、今の私は違う。大事なものも守るべきものも随分と増えてしまったから。

あの頃は何も持っていなかった。現状の人間関係を断ち切って、この国から逃げ出しても何も失わなかった。

彼女も同じだろう。何も無いからこそ、いつだってどこへだって行ける。

「あれ？　改めてそう考えると、ユミエラ2号って反省してない？　自分は悪くないと思っていたりする？」

「それはない」

パトリックは間を置かずに断言する。憶測の部分は憶測だと明言するタイプだから意外だった。

そして続ける。

「それはあり得ない。彼女はユミエラを見た。自分の別な可能性を見てしまったから……」

「違う人生になったのは、私は前世の記憶があったからで」

「彼女からすれば関係の無いことだ。ユミエラ・ドルクネスが幸せそうに暮らしている。その事実だけで十分だ」

そうか。私の存在は、彼女の人生の全てが間違いだと証明してしまう。お前の努力は無意味だったと、お前の選択は誤りだらけだったと、意図せずともそう突きつけることになる。

彼女がほんの少しだけ別な選択をしていれば、最悪の結末だけは避けられただろう。私よりも成功していたかもしれない。ああ、ほんの小さな違いなのに。

「私が、私が2号より少しだけ……頭が良くて女子力が高くて人付き合いも上手《うま》くて。そして何より、私の方が強いだけなのに……」

「……真面目《まじめ》な話じゃなかったか？」

「え？　真面目な話でしょ。2号が世界を滅ぼしたことを今までどう思っていたかはさておき、私と出会って否応《いやおう》なしに間違いだと突きつけられた。そういうことよね？」

何故《なぜ》かパトリックは気の抜けた顔をしていた。すごいシリアスな話をしているはずなのに、どうしたの？

彼は気を取り直すように咳払《せきばら》いをしてから言う。

「まあ、今はユミエラと彼女の違いはおいておいて。俺は2号が逃げるかもしれないと思ったんだ」

「逃げるって……私から逃げるってこと？　元の世界に帰るの？」

「違う」

過ちを犯し、全てを諦《あきら》め、大切なものを持たない彼女は一体どこに逃げると言うのか。

発言を躊躇《ためら》っているパトリックに問いかける。

「じゃあ、2号は何から逃げるって言うの？」

「……生きることから」

「そんな、まさか……ね」

「彼女は今にも消えてしまいそうだと感じた。昔のユミエラと似た雰囲気だが、どこか違う。自分から死を選んでも何ら不思議ではない」

そんな……。全部パトリックの想像だが、あり得ないと一蹴《いっしゅう》はできなかった。

世界を滅ぼして、自分も死んで、そんな全人類と心中するような真似《まね》、馬鹿みたいじゃないか。

最後に見た彼女の姿を思い出す。食事を終えて、どこか満足そうな彼女の顔を。

私はいてもたってもいられなくなり、自室を飛び出した。

「2号の様子を見てくる！」


駄目だ、ユミエラ2号。方法は分からないけれど、為《な》すべきことは思いつかないけれど、何も助言はできないけれど、それでも自分で死を選ぶなんて間違っている。

屋敷の廊下を走る。彼女の通された客間は分かっている。誰も来ないのに掃除だけされていた一番広い部屋だ。

嫌な予感がする。有無を言わさずドアを破るように開けた。

「生きてる⁉」

「……びっくりした。何よアンタ」

ユミエラ2号は窓から外を眺めていたようだ。

こちらを見る彼女の黒い髪と、背後の闇夜が同化して……。本当に彼女が闇の中に消えてしまう錯覚を覚えた。

まさか……窓から飛び降りる気では⁉

「だめ！」

「は？　は？　アンタ何するつもりよ？」

私は2号の元まで駆け寄り、飛べないように羽交い締めにした。

背後を取ってグイグイ締め上げる。

すると彼女も全力で抵抗してきた。私の締め技から逃れようともがく。どうしても投身する気だな、させないぞ。

2号を締め上げたまま引きずり、窓から離れた安全な場所まで移動したのを確認して解放する。

「はぁはぁ………死ぬかと思ったわ」

「やっぱり死ぬつもりだったんだ」

「はあ？　アンタに殺されそうになったのよ」

「へ？　生きることに疲れて身投げするんじゃないの？」

あれ？　私の勘違い？　というかパトリックの勘違いか。

恥ずかしさ半分、安心半分の気分でいると彼女はわざとらしくため息をついて言う。

「あのねえ、私がこの程度の高さで死ねるわけないじゃない」

「あー」

確かに。なんだ、慌てて損した。彼女に自殺願望が無いならそれでいいけれど。

「あとね、私が死ぬときは、いけ好かないヤツを道連れにするって決めてるの。愉快だと思わない？」

彼女は心の底から愉快そうに笑う。コイツやっぱり悪者だ。

しかしそうは言っても、道連れにする人がそもそもいないんじゃないのかな？　彼女の世界で生きている人間はいないはずだ。

「もう道連れにする人いないでしょ」

「私、アンタのこと嫌いよ？」

そんなことも分からないの？　と、彼女は可愛《かわい》らしく小首を傾《かし》げる。

思わぬ宣戦布告に絶句していると、ユミエラ2号は服の首元を緩めながら言う。

「ねえ、お風呂《ふろ》入りたいんだけど」

「……ああ、うん、用意してもらうね」

これが裏ボスの厚かましさか。この図々しさを早くに手に入れていれば、もう少し生きやすかっただろうにな。

入浴がそんなに楽しみなのか、彼女は上機嫌に鼻歌を歌い出す。私はいないものとして扱われていた。

何だか釈然としないまま、客間を後にする。

部屋を出てすぐ、壁際にパトリックが寄りかかっていた。彼も2号が心配で来たのだろう。

廊下を並んで歩きながら会話する。

「話、聞こえてた？」

「途中からだ」

「勘違いだったみたい。アイツ簡単に死ぬ気無いよ」

隣を見上げる。隠そうとしてるようだが、彼は嬉《うれ》しさを滲《にじ》ませていた。

素直に喜んで良いのか分からないけれど、私も悪い気はしない。

するとそこに、水を差す声が。ユミエラ2号との邂逅《かいこう》以来、私の影に引きこもってだんまりを決め込んでいた彼が言葉を発する。

「残念だね。並行世界のお姉さんが自分で死んでくれたら楽だったのに」

「……レムン君って悪い神様ですよね」

「どうして？　彼女は一つの世界を滅ぼした危険人物なんだよ？　この世界を守るため、彼女に消えて欲しいって思うのは当然でしょ」

闇の神様はどうにも全体主義が過ぎるところがある。世界を管理する神という立場上、仕方ないのかもしれないが、あまりにも人の感情が分かっていない。

「ユミエラ2号は危険ですか?」

「もちろん、当たり前だよ」

「もし、これからずっと、彼女が人を害することが無いとしたら?」

「それでも危険因子であることに変わりは無い。彼女は一人で世界を終わらせる力がある、そんな人間を生かしておくなんて冗談じゃないよ」

レムンは人の感情が分かっていないし、人とのやり取りも慣れていないようだ。

彼の失言を、パトリックが指摘する。

「世界を滅ぼす力がある危険因子、こちらのユミエラも当てはまるな」

「あっ…………。でもお姉さんは味方だよね? 世界が無くなったら困るもんね?」

ようやく彼の考え方が分かってきた。世界を守るための徹底した全体主義。全のためなら個がいくら犠牲になろうと構わない。

今はユミエラ2号の脅威があるから友好的に接しているだけなのだろうな。

頑として人を名前で呼ばないのも、個人を個人として見ていない内面の表れかもしれない。

「私は世界を守りたいとか、そういう大それた身の丈に合わないことは考えないです」

「お姉さんには、彼女と戦う意思があったんじゃないの?」

「2号が私や私の周りの人たちを傷つけるようなら戦いますよ。守るのは、私の手が届く範囲だけです」

いくら世界を滅ぼす力があっても、世界中の人々を幸せにすることはできない。

だからこそ、守るのは私の力が及ぶ範囲だけと割り切っている。

「……まあ、今のところ利害は一致するからいっか」

「あと、できることなら2号も助けたいとも思ってます」

「無理だから諦めた方がいいよ。いくらお姉さんの手が長くても、絶対に届かない」

2号の今後についての良い方策を、彼に尋ねるつもりだったが無理っぽい。

でもレムンの言うことも、もっともだ。並行世界の自分を、世界を滅ぼした人を助けたいなんて無謀すぎる。

どうしたものか。彼女のために私や私の周りが犠牲になっては本末転倒だし……。

影の中の彼とそんな会話をしながら歩いているうちに自室前に戻ってきた。

「あ。レムン君、どうして今まで会話すらしなかったんですか？　2号から隠れる理由が？

………………あれ？」

私の影から返答は来なかった。いなくなったようだ。影ならどこからでも出入り可能みたいだけれど、詳しいシステムがいまいち分からない。

少し困ってパトリックの顔を見ると、彼は私の足元を睨《にら》みつけていた。

「そんな怖い顔しないでよ。パトリックを怖がっていなくなったんじゃないの？」

「ああ、すまん。しかし闇の神は食えない奴《やつ》だな。敵か味方か曖昧《あいまい》すぎる」

「2号も曖昧だしね」

敵と味方の二元論的に物事が運べばこんなに悩む必要も無いのに。どちらとも敵対したくないのが本音だが、そう簡単にはいかない。

最終的には2号と本気で戦うことになるのだろうか。嫌だな、私の方が強いのに。

「少し一人になって色々考えたいかな」

「分かった。一人が嫌になったらすぐ呼んでくれ」

◆◆◆

パトリックと別れ、一人で自室に戻る。

頭の中は、並行世界の私で一杯になっていた。

特に私に対しては敵意むき出しな彼女だが、どうにも憎いと思えない。私と同じ顔で、私に憎まれ口を叩《たた》く彼女は嫌いだけれど、心の底からの嫌悪感とはまた違う。

あの片目が隠れるほど長い髪も、切ってくれる人がいないからだと思うとやるせない気持ちになる。それに、あのフリフリ満載のゴスロリドレスも……あれは普通に趣味の違いか。

彼女の服はあり得ない。あんなメルヘンな服を平気な顔で着るなんて正気を疑う。世界を滅ぼすよりも、ゴスロリドレスを着る方が理解不能まである。

しかし例の服のお陰で、私たちの見分けがついているのでありがたいと言えばありがたいのかもしれない。同じ髪型、同じ系統の服だと誰《だれ》も見分けることが……できるのかな？

喋《しゃべ》り方も似せれば近しい人でも判別不能だと思う。

双子の入れ替わりドッキリ強化版を思いついてしまった。絶対に面白い。すごいやりたい。

「よし、やろう」

私はすぐさま行動を開始する。

ちょうど良く今は一人きりだ。一人にさせてと私が言ったのは、考え事をするためではなくドッキリを実行するためだったのだ。うん、きっとそうに違いない。

私室を飛び出し階段を駆け下りる。当然、誰にも気取られないように。足音を殺して歩くのは癖になっている。

辿《たど》り着《つ》いたのは屋敷のお風呂。今頃《いまごろ》2号は入浴中のはずだ。敵地で服を脱ぐなんて、油断しすぎじゃあないですかね。

脱衣所にそっと入る。もう一枚扉を開けば風呂場だ。ちゃぽちゃぽとお湯の音が聞こえる。

さて、例のドレスはどこかな？　物色を始めようとしたところ、鋭い声が。

「そこ！　誰かいるわね？」

2号の気配察知能力がすごい。

でも大丈夫。こういうときの対応策もちゃんと考えてある。私は声色を若干高くして言う。

「……お着替えをお持ちいたしました」

「使用人同士で情報共有くらいしなさいよ。さっきも言ったわよ？　私はあの服以外を着る気はないの」

「申し訳ありません。失礼いたしました」

え、寝るときもあの服なの？　やばいな。パジャマくらいは普通のにしようよ。

すぐに出ていかないと不審がられそうだが、もう例の服は見つけた。そっと手に取り、脱衣所を後にする。

もちろん代わりの着替えは置いてきた。私がいつも使っている普通のパジャマだ。

2号のゴスロリドレスを手に入れた私は早速着替え、パトリックの元に向かう。

気がつくだろうか？　ああ、こういうイタズラって最高に面白い。

しかし慣れない複雑な服への着替えに、手間取ってしまった。変な所にボタンがあるし、絶対に一人で着る服ではない。

2号がお風呂から上がって怒り出すまでがタイムリミットだ。急ごう。

慣れないフリフリにイライラしながらコソコソ廊下をトテトテ歩いていると、エレノーラと出くわした。

彼女に対して2号は終始無愛想だったはずだ。しかし、それをものともせず、エレノーラは笑いかけてくる。

「あっ！　ええっと……ユミエラさん……でいいのかしら？」

「好きに呼べばいいじゃない。紛らわしいならアイツみたいに2号って呼べば？」

「2号さんってお名前は可愛《かわい》くないですわね。ユミエラさんってそういうところに無頓着《むとんちゃく》で……あ！　今のユミエラさんはいつものユミエラさんの方のユミエラさんで――」

「分かってるわよ！　ユミエラユミエラ煩《うるさ》いわね」

おおっ！　エレノーラは私のことを2号だと思っている。この服の効果はすごいな。

あと私の演技力もそこそこだと思う。同じ人だけあって、口調だけ真似《まね》れば完全に同じ声だ。

再現できていないのは髪型くらいか。すると、そのポイントを指摘される。

「あれ？　長かった前髪が……」

「邪魔だったから切ったのよ。悪い？」

「……もしかしてユミエラさんですの？」

「は？　何度も言ってるじゃない。私の名前はユミエラ」

まずい。髪を切っ掛けに違和感を覚えたようだ。彼女は首を捻《ひね》り、疑いの眼差《まなざ》しを私に向ける。

「んー？　あれ？」

「何よ？　用がないなら私は行くわよ」

「はい……おやすみなさい？」

気がつかれそうなので会話を打ち切り、エレノーラの横を通り過ぎる。

断定はできていなかったが、何かしらの違和感はあるようだ。彼女は妙なところで勘が良い。

足早にその場を離れてパトリックの部屋に向かう。彼には野生の勘とか無いので、きっと分からないだろう。

意を決して、パトリックの部屋のドアをノックする。

「いいぞ、誰だ?」

「私よ」

「ユミエラ?」

「はあ? アンタ、恋人の声かも分からないの?」

ドアを開けつつ、初手憎まれ口。よし、2号っぽさは百点だ。これはパトリックも騙《だま》せちゃうな。

机に向かって書き物をしていた彼は、私をチラリと確認してすぐ視線を戻す。

意外に無反応だ。2号が部屋に来たら身構えると思っていた。

パトリックは手元を眺めたまま言う。

「珍しく悩んでいるようだったが……そんな服を着てどうした?」

「元からこの服だけど……。なに? もしかしてアイツと勘違いしてる? この髪は邪魔だから切っただけよ」

「いや、だからお前はユミエラだろ?」

どうも会話が噛《か》み合わない。2号……に変装した私に油断しっぱなしだし、パトリックの様子がおかしい。

いや、心配そうな様子を見せては駄目だ。今の私はユミエラ2号。彼を気にかけるような仕草はしてはいけない。

「ユミエラだけど……だから何? 意味分かんない」

「言い方が悪かったか、そうだな——」

パトリックは手元から視線を上げ、私の目を見て続ける。

「1号、という言い方はあまり好きじゃないから……お前は俺のユミエラだろ？」

「お、俺のって……人を所有物みたいに言うのは、あの……」

「俺だけのユミエラだろ？」

「……はい」

いや、別に私はパトリックだけのものってわけじゃ……もういいや私はパトリックだけのユミエラです。

そうか、彼は最初から分かっていたのか。会話も噛み合わないわけだ。

「どうして分かったの？　髪型以外は完璧《かんぺき》に2号だったと思うけれど」

「うーん……雰囲気というか、気配というか……何となくユミエラだな、と」

「なにそれ」

論理的な理由は無いってこと？　何となくで、自分の勘とか感性だけで私を私と認識したってこと？

そんな……私のこと好きすぎない？

パトリックは私の格好を上から下まで眺めて言う。

「そういうドレスも似合うな」

「あ、この格好はあの、2号に変装するためのアレだから。もう二度と着ないからね」

うわっ。私と認識されていると分かった途端、急に恥ずかしい。

私は今、絶対に着ないと豪語したゴスロリドレスを着てパトリックの前にいるのだ。面白そうなドッキリ企画が、とんだ羞恥《しゅうち》の場になってしまった。

早く退散しようと考えていると、パトリックが口を開く。

「それにしても意外だったな」

「違うから！　内心ではこの服を着てみたかったとか、そういうんじゃないから！」

「そちらではなく、彼女が服を貸してくれたことが意外だなと」

「ああ、そろそろ返さないと危ないかも」

ユミエラ2号は長風呂《ぶろ》するタイプだと信じたい。

ちなみに私はすごい短い。自分で短いとは思わないけれど、リタにちゃんと入ったのか疑われることがしばしば。あまりに短いと一緒に入って体を洗わせてくれと言い出すので、最近は百数えるところを二百に増やして……。

などと思っていると、階下から騒ぎ声が。ああ、もう手遅れか。

関係ない場所で暴れられても困るので、廊下に顔を出して言う。

「こっち！　二階だよ！」

ドタバタと走る音。

すぐにユミエラ2号が現れた。タオルを巻いただけの姿で。

「なんて格好してるの⁉」

「やっぱりアンタだったわね！　ホントあり得ない！」

あり得ないのはお前の格好だ。パトリックも見てるんだぞ。

半裸の女はズカズカと部屋に押し入ってくる。あ、三角の帽子は被《かぶ》ってる。水玉のパジャマがお気に召さなかったのか。

「ごめん、ごめんって」

「謝るくらいなら早く服を返して。ほら、脱いで！」

彼女はタオル姿のまま、私の服を脱がせようと掴《つか》みかかってくる。

このままでは、ほぼ裸のユミエラが二人になってしまう。一体誰が得をするのか。……パトリックは得かも。そりゃあ、彼も男の子なのだから、大好きな美少女の裸が見たいのは普通のことだ。

じゃあ、このままでいいのかな？　どうせいつかは肌を許すことになる。未来のイベントを先取りするだけと考えれば、まあ……。きっと、そう遠くない未来の話だ。全人類が謎の全身タイツを身に着けて空飛ぶ車に乗るよりは早いと思う。

「分かった、脱ぐ、脱ぐから」

「そう言って逃げる気でしょう!?　私の目は誤魔化《ごまか》せないわよ！」

ゴスロリドレスに異常な執着を見せるユミエラ2号は、濡《ぬ》れた髪を乱して引っ付いてくる。今にもタオルがずり落ちそうだ。

……ん？　これって私より2号の方が官能的じゃない？

この光景が脳裏に焼き付いたパトリックは、私より2号を求めるようになり……やばいやばいやばい。

最悪の未来を幻視してしまったので、R指定の付きそうなイベントは中断。

2号の両手を掴んで押さえつけながら、彼女を止める方法を考える。しかし2号は恥ずかしくないのか？　男の前でタオル一枚なんて。

もしかして頭に血が上りすぎて、パトリックの存在に気がついてないとか？　冷静さが足りなすぎる。

「分かってるの？　そこにパトリックもいるんだよ？」

「……アイツならすぐに出ていったじゃない」

「え？」

部屋を見回すが彼の姿は見当たらなかった。結構早いタイミングで退出していたようだ。冷静さを欠いていたのは私か。

呆然《ぼうぜん》としていると2号に急《せ》かされる。

「だから早く脱ぎなさいよ」

「脱ぐ脱ぐ」

私は2号にされるがままになって服を脱がされる。わざわざそんなことしないでも、自分から脱ぐのに。

またたく間に2号はゴスロリドレス姿へと戻った。そして私は……何を着ればいいの？

「ねえ、私の服は？」

「知らないわよ」

新たなるピンチが襲来した。私の着る服が無い。

服を交換すればいいと思っていたが、彼女はタオル一枚でここまで来たのだった。

仕方ない。2号に取ってきてもらうしかないか。お願いしようとしたところ、彼女は半笑いで私を見ながらドアを開けた。

「それじゃあ、後は勝手にして頂戴《ちようだい》」

「え、待って、私の――」

強く扉が閉められた音で、私の声はかき消される。

あいつ！　分かってて行きやがった！　意趣返しのつもりか。相当怒ってたもんね。

しかし、どうしよう。ここはパトリックの私室。私が代わりに着るものなんて……と部屋を見回すと、椅子に雑にシャツが掛けられていた。

几帳面《きちようめん》な彼が脱いだ服を放置しているなんて珍しい。しかし今回ばかりは僥倖《ぎようこう》。

とりあえずはこれで良いかと彼のシャツを羽織る。私の体に対して相当大きいが、下半身も隠れるので丁度いい。ワンピースみたいなもんだ。


さて、近場で服も調達できた。やりたいことも終わったし、もう寝るか。

その前にパトリックに対して一言必要か。部屋を出て、彼を探して屋敷を歩き回る。

そのうち誰かとすれ違うだろうから、その人に彼の居場所を聞こう。

二階の廊下を歩いていると、向かいからパトリックが。お、運がいい。

「いたいたパトリック、部屋で騒いでごめんね。だいたい2号のせいだよね」

「ユミエラっ⁉　その格好は……」

何か変かなと自分の姿を確認する。ああ、そうか今はパトリックのシャツ一枚なのだった。服を借りていることを一言断っておかねば。

「ああ、ちょっと借りるね。2号が私の服……じゃなかった、私の着ていた服を持って行っちゃって」

「あ、ああ……そうだったのか」

パトリックは視線を彷徨《さまよ》わせながら言う。

あと2号が乱入してすぐに退出してくれたことにお礼も言っておこう。

「席を外してくれてありがとうね。別人とはいえ何だか恥ずかしいから」

「そ、そうだな。彼女も後から気にするかもしれないしな」

彼はタオル一枚だった2号のことも気にかけていたのか。

パトリックが聖人すぎる。私が半裸の彼に出くわしたら、あれこれ理由を付けてチラ見しまくるのに。

でもあれだな、紳士的に振る舞っていても、内心では抱きつきたくて仕方ないとかだったら萌《も》えるな。……ま、ありえないか。ありえないよね。

「でも妄想するのは自由だよね」

「ユミエラ、早く服を着てこい。誰かに見つかるとまずい」

「え？　ちゃんと着てるじゃない。あ、この下は下着だけだけど、ワンピースみたいなものでしょ？」

「そんなわけあるか！　そんな格好で出歩くな」

先程からパトリックの様子がおかしい。ずっと私と目を合わせようとしないし。

はて？　彼は服装に言及してくるが、私はちゃんと彼のシャツを着ているぞ。私は2号と違い恥じらいがあるので、扇情的な格好で人前に出たりはしない。

何だろう？　自分の服を他人に貸すのが嫌だとか？　ならば悪いことをした。

「ああ、ごめんね。すぐに返すから」

「やめろ、脱ぐなよ！　脱ぐなよ！」

「ここで脱ぐわけないでしょ！」

突然変なことを言い出すんじゃない！　私は人前で脱いだり、服をはだけさせたりといった行為は絶対にしない。長い付き合いだし、それくらい分かっているだろうに。

「早く自分の部屋に戻れ、そして着替えろ、早く」

「え、うん」

よく分からないまま私は歩かされて自室に押し込められる。

パトリックのあの態度は何だったのか全く分からない。分かったのは、彼は私にときめかない説が出てきたことだけだった。

幕間四　パトリック

ユミエラを部屋に押し込めて、パトリックは安堵《あんど》のため息をつく。

「どうしてユミエラはあんな格好で……」

扉を隔てた向こう側にいる彼女は、パトリックのシャツだけを羽織るという扇情的な格好をしていた。

その状況に陥った経緯は分かる。黒いゴスロリドレスを返したユミエラは、着る服が無くなってしまったのだろう。

分からないのは彼女が平然としていた点だ。常識が無く、普通の感覚を喪失し、一般的な思考回路を持たぬユミエラだが、あれで年相応の少女らしいところがあるのだ。

男女関係の事柄になると、途端にいじらしくなり、人並み以上の恥じらいを見せる。

パトリックはそこを愛らしくて仕方ないと常々感じているのだが……。

「……ああ、アレを恥ずかしい格好だとは感じていなかったのか」

何度も深呼吸をして、心を落ち着かせながら、彼はユミエラの思考を考察する。

おそらくだが彼女は、シャツを羽織るのとワンピースを着るのを同列に考えているのだろう。確かに、肌の露出面積はさして変わらない。だが……と、先ほどまでのユミエラを脳裏に浮かべ、慌てて頭《かぶり》を振る。

パトリックが足早に向かったのは屋敷の庭。

冬も近づく夜の屋外は肌寒い。未《いま》だに赤いであろう顔を冷ますには、丁度よい気温だった。

棒立ちになって星空を眺めていると、背後から物音がした。

ビクリと体を震わせて振り返れば、黒髪の少女がいる。見慣れた顔だが、髪は長く片目が隠れており、普段のユミエラは頑として着ないであろうドレス姿。

彼女は並行世界のユミエラ・ドルクネス。世界を一つ滅ぼした少女は、意地悪そうに口の端を吊《つ》り上げる。

「ふふふっ、こんな所にいていいの？　アンタの部屋で愛《いと》しの彼女がお待ちよ？」

「ユミエラはもう、自分の寝室に戻っている。それに、服は自分で工面していた。俺の助けは必要ないさ」

「変ね。あの部屋にアイツの服なんて無かったわよ？　ちゃんと確認してから置き去りにしたんだから」

「……………俺のシャツが一枚あった」

言おうか言うまいか悩んだが、ユミエラに下手《へた》な小細工は厳禁だと伝えるためにも、パトリックは事実を述べる。

すると、彼女はあからさまに不機嫌になって並行世界の自分を罵《ののし》る。

「何よそれ!? ありえない……はあ、そうやって男に媚《こ》びて誘惑して……。どこまでも気に入らないヤツね」

「ユミエラにその意思は無いと思うが……」

パトリックは、ユミエラと媚びるの言葉が全く結びつかなかった。誘惑など、更に似合わない。

いや、気がつかなかっただけで、彼女は誘惑をしていたのかもしれない。後ろ髪をかき上げて「ほら、パトリック、うなじよ、うなじ。ほら、ほら」と後ろ向きに迫ってきたことがあったが、あれはまさか……。

「違うか」

「何を一人で納得してるのよ」

舌打ちをした彼女は、パトリックに並び夜空を見上げる。

そして、声を小さくして続けた。

「……アンタ、本当にアイツのことが好きなんだ」

「そうだ。俺が惚《ほ》れた」

「アイツもどうせ、学園では一人だったんでしょ? 初めは、味方も友人もいなかったんでしょう? 近づいたのは……可哀相《かわいそう》だから?」

「ユミエラが……可哀相?」

パトリックは一瞬、彼女の言葉の意味が本気で分からなかった。

確かに、そういう思いも最初はあったかもしれない。しかし、ユミエラと関われば関わるほど、可哀相だとは微塵《みじん》も思わなくなっていく。

　パトリックの様子を見て、彼女も察したようだった。

「そう……普通に好きになったんだ。アンタ、趣味悪いわね」

「否定はしない」

「でもアイツ、鈍感そうだからね。それに付け込んで好き放題したい男もいるわよね」

「鈍感だが……それに付け込んではいない」

「本当に？　さっきもアイツの格好をジロジロ眺め回したんでしょう？　男物のシャツ一枚なんて、すぐ脱がせられそうだものね」

「そんなことは考えていない！」

　パトリックは思わず声が大きくなってしまう。ユミエラと同じ顔ゆえ、彼女の言葉が余計に効いた。

　大声を出したことについて「すまない」と謝り、別の話題に移ろうとする。しかし、彼女を何と呼べば良いのか分からず、言《い》い淀《よど》んでしまう。

「ユミ……あー、君は……」

「アイツみたいに2号って呼べばいいじゃない」

「それは……」

　パトリックは彼女をユミエラ2号と呼ぶことに抵抗があった。便宜上の呼び分けとはいえ、番号を使うのは嫌だった。

「じゃあユミエラでいいでしょ。ここにアイツはいないわよ」

「それも……」

「ああ、そう。アンタにとってのユミエラはアイツだけってことね。いいんじゃない？　末永く、お幸せにね」

吐き捨てるようにそう言うユミエラ2号からは、祝福の感情は一抹も感じられなかった。

パトリックは改めて、彼女を観察する。風呂上《ふろあ》がり、まだ僅《わず》かに濡《ぬ》れた黒髪は、何度見てもユミエラのそれと同じで……。

これだけ似ている二人なのに、なぜここまでの違いが出てしまったのか。

少し接して、彼女は根っからの悪人ではないように思った。憎まれ口も叩《たた》くし、常時不機嫌な彼女だが、人殺しを楽しむような凶悪さは感じられない。

きっと、ほんの小さな要素が違うだけで、彼女の凶行は回避できたはずなのだ。

彼女の周りの人物がもう少し優しかったなら……。

そこでパトリックは、周りの人物に自分も含まれることに気がついた。

「そうか、俺もいたはずだ。向こうの俺は……すまない。我ながら情けない」

「一人で勝手に落ち込まないでくれる？　私とアイツが別人なように、向こうのアンタも別人よ」

「向こうの俺は薄情なやつだな」

並行世界の自分を殴ってやりたい。パトリックは、ユミエラたちがすぐ険悪になる理由が分かった気がした。

やるせない気分で、パトリックは2号の今後について考える。

元の世界に戻るわけにもいかず、この世界で暮らすのも正しいとは思えない。今も1号の方は同じことを考え、ウンウンと悩んでいるだろう。嫌い嫌いと言いつつも、彼女は2号を気にかけている。


言葉が見つからず、悩み事で頭が一杯になり、無言の時間が続く。

沈黙を破ったのはユミエラ2号だった。パトリックの顔を睨《にら》みつけて言う。

「ちょっと！　急に黙らないでくれる？　自分を責めるのは一人のときにやりなさいよ」

やはり彼女は根が優しい。

自責の念よりも、彼女への心配が大きい……とパトリックが伝えようとしたところ、彼女は顔を再び空に向けて続けた。

「アナタは手を伸ばしてくれた。振り払ったのは私の方。ありがとう……ってアナタに言ってもしょうがないわね」

パトリックが驚いて顔を向けると同時、彼女は足早に屋敷に戻っていく。


「どうしたものか……」

夜闇に向かって呟《つぶや》く。

パトリックは、出来ることなら2号を救いたいと思っていた。その想《おも》いは膨らみ、今では何としてでも助けたいに変わってしまっている。

「ユミエラは怒るよなあ……」

これを伝えたら、ユミエラは表面上だけ怒ってみせるのだろう。そしてすぐに、並行世界の自分のため力を尽くすのだろう。

その光景が目に浮かんで、パトリックは思わず笑ってしまった。

五章　裏ボス、裏ボスと決着をつける

ユミエラ2号が現れた翌日の朝。

彼女は普通の顔をして朝食の席にいる。馴染《なじ》みすぎだ。その能力を遺憾なく発揮していたなら、世界を滅ぼすくらいに追い込まれることも無かっただろうに。

そして2号は、買い物にでも誘うかのような調子で言う。

「このあと時間ある？」

「大丈夫だけど……何？」

「ちょっとね」

何だろう？　彼女がこれからどうするかは何もかもが未定なので、2号から相談を持ちかけられるのはありがたい。でも雰囲気からして、そんな重大な内容じゃない気がする。

「どこで話す？　パトリックもいた方がいい？」

「そうね……ちょっと広めの場所がいいかしら。辺境伯家のソイツはいた方がいいかも」

広めの場所？　殴り合いになりそうな話題ってことか。あまり予想はできない。どんな話をしても、最終的にどちらかが手を出しそうだからなあ。

それじゃあ屋敷の庭でいいかな。

朝食が済んですぐ、一緒に行動したがるエレノーラを家に押し留《とど》めて私たちは屋外に出る。

朝のお散歩から帰ってきていないようで、リューの姿は見当たらなかった。そろそろ帰ってくると思うけど。

そこそこ広い我が家の庭には、あまり使わないけど椅子とテーブルがある。喫茶店のテラスにありそうなやつ。

「座って話す？」

「いいえ。どうせすぐ立つことになるだろうから」

おっ？　喧嘩《けんか》か？　喧嘩か？

私たちは一定の距離を取って向かい合う。隣にはパトリック、奇《く》しくも初遭遇と同じ構図になった。

ようし、では2号の用件とやらを聞こうじゃないか。話によっては即、場外乱闘だ。

「アンタ、私がこの世界に来た目的は分かっているわよね？」

「そりゃあね」

「改めて言うけれど、私はアンタに用があってこの世界に来たのよ」

「うん」

「その用事を済ませちゃおうと思ってね」

私は息を飲んだ。

彼女の目的は、私を殺してレベル上限を解放すること。そうか……心のどこかでは分かっていたけれど、2号との戦いは避けて通れないようだ。

「そうなるにしても、もう少し後だと思ってた」

「悠長に馴れ合っていても、いいことなんて一つも無いでしょう?」

「……そうかもしれないけど」

それでも、彼女と戦うのは心苦しい。2号とは昨日《きのう》何度も言い争いをして、殴り合いをして、着る服が無い状態で置いていかれ……ん? 全然戦えるじゃん。むしろやる気が出てきた。


周囲への被害を考えると、屋敷の庭というのはよろしくない。でも、いっか。

「じゃあ始めようか」

「ええ、あの――」

先手必勝。2号が何か喋《しゃべ》っているが気にするもんか。

私は地面を蹴《け》って急加速し、2号に肉薄した。

「――あのいけ好かない邪神を倒しましょうか」

「え?」

彼女がセリフを言い終えたときにはもう、私の拳《こぶし》が彼女の頰《ほお》に突き刺さっていた。

不意を突かれた2号はユミエラパンチを……いや、ユミエラ1号パンチを……違うな、1号のキックはライダーキックだからユミエラパンチでいいのか。……まあ、パンチをまともに食らって吹き飛ばされた。

2号がなんか言ってたけど気にしないぜ。私が追撃の構えを見せたところ、パトリックから止められる。

「おい、ユミエラ！　やめろ！」

「止めないでパトリック！　私たちは戦う運命なの！　それ以外の選択肢は無いの！」

「いや、そうではなく。彼女、何か言っていたぞ？」

「…………やっぱり？」

もしかして、バトル展開は私の勘違い？　いやでも、2号は用事を済ませるって言ってたし……謎だ。その謎を解明できる人物は今、若干ふらつきながら立ち上がっている。

「……まずはアンタを殺した方が、いいかもね」

「あ、そのつもりが無いなら、戦う意味も無いと思うんだけど」

「アンタから仕掛けておいて、その言いぐさは何なのよ⁉」

ユミエラ2号はそう言って、私に手を向ける。

一瞬にして濃密な闇属性の魔力が溢《あふ》れ出す。あ、これはアレが来るな。

「ブラックホール」

私の体の大部分が漆黒の球体に包まれた。

次の瞬間、黒球と一緒に私の体も消滅する……のだろう。仮に私が動かなかったら。

ブラックホールは球体を出現させ、それが消えるという二つの段階を踏んで攻撃が完了する。一瞬の出来事とはいえ、攻撃開始から完了までにタイムラグが存在するのだ。

何が言いたいのかというと……見てから回避余裕です。

「危なっ」

地面を蹴って宙に飛び、体を捻《ひね》ってブラックホールの範囲から逃れる。

びっくりした。簡単に避《よ》けられるが、即死級の魔法を撃たれるのは心臓に悪い。

「え……どうして生きてるのよ？」

「え？　普通に、避けたから」

「普通は避けられないわよね？　アンタ――」

彼女の言葉は途中で遮られてしまう。

パトリックが飛び出し、2号の首元に剣を突きつけていた。

「動くな。魔力の動きを感じたら切る」

「え？　パトリック？　どうして急に殺気立ってるの？　今までは止める側だったのに」

「たった今、間違いなくユミエラが殺されそうになったからだ」

殺されそうになったって、パトリックは大袈裟《おおげさ》だ。あれくらいなら彼でも回避は簡単だろうに。

「そんな大事にしないでよ。パトリックも避けられたでしょ？」

「ブラックホールは無理だろう。範囲が予想できないから避けようがない」

「見てから動けばいいんだって」

「……それこそ無理だろう」

え、ホント？　まさかユミエラ2号は本気で私の命を狙《ねら》いにきた？

まさかね。もしアレが直撃しても死んではいない。

「頭部はブラックホールの範囲外だったでしょ？　頭が無事なら回復魔法で再生できると思うの。試したことないけど」

「……頭だけで魔法が使えるのか？」

「実験しないことには何とも言えないけれど……。あ、私はずっと守護の護符を付けているからギリギリ死にはしないはず」

どうして私は2号の弁護をしているのだろうか。殺意の有無でパトリック検事と争うのは不毛すぎる。

そこで、被告人ユミエラ2号が口を開く。

「私、殺すつもりで魔法使ったわよ」

頑張って弁護してたのに自白しやがった。

うーん、アレくらいで死ぬわけないのに。2号ちゃんは悪ぶりたいお年頃なのかな？

何故《なぜ》か二人が一触即発の雰囲気になってしまったので、とりあえず仲裁しておく。私がこの立場になるのも珍しいな。

剣を下ろさせようと、掴《つか》みやすい刃の部分を雑に握る。

「はい、下ろして。こんなのじゃ切れないんだから」

「おいっ、そこを掴んだら……ああ、切れないのか」

そう言ったパトリックは剣を眺め、良い品なんだがと呟《つぶや》いた。剣と棍棒《こんぼう》は同じ強さだと考えている私からすれば、別に切れ味が悪くても丈夫なら良いと思う。元気だして。

しかし、ユミエラ2号が動くなと言われ、律儀に固まっていたのも不思議だ。

「どうして動かなかったの？」

「私、動いたら切られると思って固まってたんだけど」

「だから簡単に体が切れたりしないいって」

「それはアンタだけよ」

えっ、同じユミエラ防御力を持っている者に裏切られた。

なるほど。殺し殺されな、普通に切迫した場面だったのか。私としたことが気がつかなかった。

まあ、戦端を開いたのは私自身だったので、ユミエラ2号が話しかけていたことを詳しく聞いてみよう。

「あー、勘違いしてごめんね。何か言いかけてたけれど……」

「そうね、どこから話しましょうか……。アンタたちの反応を見るに、私の目的が勘違いされているみたいね」

「私を倒してレベル上限を解放しようとしてるんじゃないの？」

「それは、たった今やろうと思ったけれどね。手段であって目的じゃないのよ」

「どういうこと？　最初に目的は私だって言ってたよね？」

「そうよ。私はアンタに会いに来たの」

「あー、そっちか」

思い返すと、2号は私が目的でこの世界に来たとは言ったけれど、私を倒すとかは一言も言っていない。

して、彼女がわざわざ世界を越えてまで私に会いに来た目的とは。まさか並行世界の自分を見たかったとかいうくだらない理由ではあるまい。


満を持して、ユミエラ2号は真の目的を話す。

「さっきも言いかけたけれどね……私は、あのいけ好かない邪神を倒すため、この世界に来たの。今の私じゃ敵《かな》いそうにないからね。アンタを倒して強くなるか、アンタに協力してもらうか悩んでいたけれど……ブラックホールを避けたりする様子を見るに、アンタに勝つのは無理そうね」

また話が変な方向に動き出したぞ。邪神って何だ？　いやそれより……。

「どうしてそういう重要そうなことを、先に言わないの⁉」

「分かってると思ってたのよ」

「分かるわけないじゃない」

「だってアンタ言ったじゃない。2号の目的は私？　……って。だから、ああ事情はお見通しかと思って言わなかったのよ」

ええ……。2号がコミュニケーション下手《べた》すぎる。そりゃあ周囲に悪い勘違いもされますわ。

そうか。彼女は邪神を倒す戦力が欲しいのね。邪神？　いけ好かない神様に心当たりはある。今も影から私たちの様子を窺《うかが》っているはずなので、足元に声をかける。

「レムンくーん、いますかー？」

「……彼女の言う邪神ってボクじゃないからね？」

少し間が空いて、私の影から黒髪の少年が現れる。

闇の神レムンは否定するが、一応2号にも聞いてみよう。

「邪神ってこの子じゃないよね？」

「コイツじゃないわよ。コイツは抵抗してくる方の神様ね」

「レムン君も結構いけ好かない……というか胡散臭《うさんくさ》い感じだけど」

「邪神はもっといけ好かなくて胡散臭いわよ」

レムン君を超越しているとは、邪神とやらは相当だな。すごい会いたくない。

ああ、そうか。並行世界のレムンはユミエラ2号に倒されたのだった。彼が、とても敵わない邪神なはずなかった。疑ってごめん。

影から現れたものの、ユミエラ2号に警戒しすぎなレムンは私の背中に隠れた。

「あれ？　レムン君が抵抗してくる方の神様なら、無抵抗だった神様って誰《だれ》？」

「名前まで知らないわよ。私を止めに来たとか言いながら、戦う素振りすら見せなかったやつ。白い髪した女神よ」

「白い髪？　おでこからビームとか出る？」

「は？　なに言ってんのよ？」

あれ？　サノンのこと言ってるんじゃないの？

しかし、彼女が無抵抗だったとは思えないし、おでこからビームが出ないのもおかしい。あ、無抵抗ならビームは出ないか。

邪神だけでなく、更に新しい神様が出てくるのかと辟易《へきえき》していると、レムンが口を開いた。

「その無抵抗の神はサノンのことだよ」

「ああ、アイツってサノン教の神だったの。まったく、名前くらい言いなさいよね」

「おでこから光属性のビーム出すんだけどね。まともに食らったら私も危ない」

「アンタでも⁉」

どうしてサノンは戦わなかったのだろう。

並行世界では、彼女と共同戦線を張ろうとして断られたらしいレムンに顔を向ける。すると彼は首を振って言った。

「知らないよ。サノン本人に聞いたら？」

「そうですか」

話が脱線した。

既に済んだユミエラ2号と神の戦いより、今は邪神とやらだ。

「邪神っていうのは？　どんな見た目？」

「分からないわ」

「分からない？」

「姿がぼやけているというか……見えているのに認識できない感じかしら」

それって本当にいるの？　２号の幻覚だったりしない？

私の疑念の視線に気がついたのか、彼女は口早に邪神について話す。

「邪神に会ったのは、王子サマが魔王を倒した後くらい。つまり、私が人類を滅ぼす決意をしたあたりね。今のままじゃ死んじゃうから、もっと強くなれって言ってきたのよ」

「力を貰《もら》えたり？」

「何も貰ってないわ。効率重視のレベル上げ方法を教えられただけ」

「なにそれ⁉　気になる気になる」

神から伝授されたレベル上げ方法とは一体。もうレベル99の私には無用の知識かもしれないが、後学のために聞いておきたい。

「一人でダンジョンボスを倒しまくるとか……他にも頭のおかしい方法ばかりよ」

「普通じゃない？」

「邪神はアンタのやり方を教えてくれただけ。はあ……初めて聞いたときは、思いついたヤツは頭おかしいって思ったけれど、その通りだったわね」

「……世界を滅ぼそうって発想に至る人に、頭おかしいって言われたくないです！」

誰でも思いつくと思うけどな。普通に考えて、経験値がバラけてしまう複数人より、総取りできるソロが良いに決まっている。

他の方法も、誰だって思いつくはずだ。何故か誰も実行しないだけであって。

それはさておき、邪神は実在するのだろう。彼女が一人で、私のレベル上げ方法を知る術はない。

「あっ、並行世界から移動してこられたのも邪神の力か」

「そうよ。邪神の目的は強い手駒を手に入れること。アンタを倒してレベル上限を上げてくるよう言われたのよ」

ふむふむ。邪神ね。レムンが言っていた裏で糸を引いている存在も、その邪神のことだろう。

レムンやサノンより、更に上位の存在。数多《あまた》の並行世界を管理する、レベル99の縛りを受けない神。世界と世界の移動などお手の物だろう。

邪神からもたらされた情報により、2号は他のユミエラより強くなり世界を滅亡まで追いやった。

そして更に強くなるためこの世界に来た。

彼女が他のユミエラと違い、アリシアたちに勝てた理由。レムンですら出来ない世界の移動をしてのけた理由。不明だった点がやっと明らかになった。

頭の中で情報を整理していると、パトリックが口を開く。

「しかし、ユミエラを倒すつもりは無いんだろう？」

「邪神の手下になるなんてごめんだもの」

「それを……邪神とやらは許すのか？」

「許さないでしょうね。だから協力してくださいって、私がこうして頭を下げてるのよ」

僅《わず》かも下がる様子のない2号の頭を見て、私は考える。

仮に彼女と協力して邪神とやらを倒して、その後はどうする？　彼女の世界が元に戻るわけでもなければ、私にメリットがあるわけでもない。

私に戦う理由は無いのだ。2号のために動くのはやぶさかではないが、それが彼女の憂さ晴らしなのだとしたら付き合う義理はない。

「私が協力する気は無いって言ったらどうするの？」

「それは無理よ」

「無理？」

「あの胡散臭い邪神は、今も私たちの会話を聞いているのよ？　裏切られたことに気がついたのだから、私を始末しようとするでしょ？　ついでに扱いづらくて仕方ないアンタも処理しようとするんじゃないの？」

「巻き込まないでよ！」

邪神に扱いづらいと評価されていることはさておき、私は戦わねばならぬ状況に引きずり込まれたらしい。やはり2号は悪者だな、うん。

「邪神って世界が滅んでも平気な顔してるヤツよ？　倒しておいた方が、アンタとしても良くない？」

「だから、世界を滅ぼした張本人に言われても……」

まずいな。レベルで負けている相手と戦うのは初めてだ。

邪神の強さが想像できないのも拙い。レベル99を超えているとは言っても、二百と二千では全く違う。

まずは相手の戦力分析をしなければ。ユミエラ2号を問いただす。

「邪神はどれくらいの強さ？　ある程度でいいから」

「知らないわよ。戦っているところ見たことないもの。やたら力を出し渋る感じだったし」

うわっ。全く使えない情報をどうもありがとう。

いくら力を出し惜しみしていても、裏切り者の粛清となれば全力で来そうだしなあ。

使えない2号ちゃんは放っておいて、私はレムンに視線を向ける。

「レムン君は分かります？」

「……お姉さんがいくら強くても絶対に敵わないよ。レベル99の枷《かせ》がある限り、アイツには絶対に勝てない。この世界も終わりかもね。あはは」

乾いた笑い声を上げるレムンの顔を見てみると、目が死んでいた。闇の神だが、ここまで目の光を失ってはいなかったはず。そんなに危機的な状況なのか。


邪神の情報が少なすぎる。場所も装備も万全とは言えないので、2号に今すぐの戦闘を回避するよう提案する。

「少し先延ばしにしない？　別に負けるのが怖いとかではなく。私の方が強いから」

「駄目よ。言ったでしょう？　アイツは今も私たちの様子を見ているの。ほら、いるんでしょう？出てきなさい」

彼女は虚空に向かって啖呵《たんか》を切る。

すかさずレムンが私の影に飛び込んだ。あ、逃げた。

邪神が出てこなければいいという願い虚しく、2号が現れたときのように空間が揺らめく。私たちのすぐ近くだ。

「よもや貴様が裏切るとはな。人間の思考形態は分からん……やはり意思を奪って操り人形にするのが無難か。しかし、無駄なリソースを割くのは不本意だな……」

「あら？　裏切られたのは予想外？　自称上位存在が聞いて呆《あき》れるわね」

好戦的に挑発する2号はおいておいて、邪神の姿を確認する。

邪神は……見えないな。そこにいるのは分かるけれど見えないというか……。見えているのに認識できないという、2号の言葉は言い得て妙だと判明した。

モザイク……ともちょっと違うし、ブラウン管テレビの砂嵐のようでもある。

しかも、よく見ると影が出来ていない。光を遮らないのに不透明。理解できない。

輪郭も曖昧《あいまい》なら色合いも曖昧。成人男性ほどの大きさの人形《ひとがた》であること以外は何も分からない。

……私はなぜ人形だと認識した？　人の要素は感じられないのに、自然と脳が人形であると錯覚した。それほどまでに得体の知れない相手だ。

こんなものが、この世に存在して良いのか？　言い知れぬ不安に襲われた私は、邪神に視線を向けたままパトリックに尋ねる。

「パトリックはどう見えてる？　人形のゆらゆら？」

「俺も同じようなモノを見ている。人形の……ん？　なぜ俺は人形だと思った？」

彼も私と同じ状況らしい。相当混乱している。

こんなヤバそうなのを呼び寄せるなら、一言くらい欲しかった。邪神に反旗を翻すとは口に出せなかったにしろ、装備を整えるよう伝えるくらいはできたはずだ。

「ねえ！　こっちは準備もできてないし、家の庭だし、もう少し忠告してくれても良かったんじゃない⁉」

「だから広めの場所を指定したんじゃない。時間あるかも確認したわよ？」

ユミエラ2号は平然と言ってのける。

大した用事じゃないテンションだったじゃん。ああ、すぐ近くにエレノーラもいるし、そろそろリューも帰ってくる。

どうしようどうしよう。まずは時間を稼ぎたい。謎多き邪神だが一応言葉は通じるようだし、会話を試みよう。

「えー、こんにちは。はじめまして邪神様」

「邪神、というのはオレを指して言っているのか？」

「あ、2号が勝手に邪神呼びしてるだけでしたか。お名前をお聞きしても？」

「ふふ、オレの名を聞くとは珍しい人間もいたものだ。聞くが良い、オレの名は繧。縺豁」

……え？　なんて？

邪神は仰々しく名乗ったが、全く聞き取れなかった。声が小さいとか、滑舌が悪いとか、そんな理由ではない。確かに耳に入ったはずの音を、脳が認識できなかった感覚。

「……もう一度お願いします」

「纆。縺豁だ。ああ、下位の存在には認識すらできんか。唯一無二の存在であるオレにとって名など無価値だ。好きに呼べ」

改めて邪神の声に集中するが、やはり名前は分からなかった。どの母音も子音にも似ていない、人間に発音するのは不可能な音。二回しっかり聞いたが、脳内で反芻《はんすう》することすら不可能。

声質もよく分からない。声にノイズがかかっているようで、性別も不明。

彼……彼でいいのかな？　男っぽい口調だから彼でいいか。

好きに呼べと言われたので、いい感じの名前を考えよう。邪神では味気ない。無駄に難解な名前より、覚えやすい名前がいい。そうだな――

「では……ポチとお呼びしますね。ポチの性別は――」

「ポチ!?　まさかオレのことか!?　数多の並行世界を束ねる、上位存在たるオレがポチだと!?」

ポチはお気に召さなかったらしい。好きに呼ぶよう言ったのはそっちじゃん。

オーソドックスだけど良い名前だと思ったのにな。じゃあ別のを考えよう。

「じゃあ……タマちゃん」

「タマちゃんだと!?」

「駄目ですか？　文句が多いですね……」

私の命名レパートリーがそろそろ尽きそうだ。彼は名など無価値と評したが、中々にこだわる。

そんなに酷《ひど》い名前でもないはずだが……。ポチやタマちゃんを嫌がっているのは邪神の感性が独特だからかな。

私の命名を潔く受け入れた2号の様子を見ると、彼女は口を手で押さえて笑っていた。

「ふふっ、アンタ最高。タマちゃんね、私もこれからタマちゃんって呼ぶことにするわね」

「貴様！　上位存在たるオレを愚弄《ぐろう》する気か！」

2号は笑いすぎ。

そんなに酷かったかな？　パトリックに視線を向ける。

「あー、今まで通り邪神でいいんじゃないか？　本人次第だが」

「邪神で構わん。オレを指した言葉だと分かれば頓着《とんちゃく》はせん」

「それじゃ味気ないから、他の名前を――」

「貴様は口を挟むな！」

邪神に怒られた。

もう邪神でいいのかな。ポチタマ系統の名前を使えないとなると、別の引き出しを開ける必要がある。長らく封印していた命名引き出しはあるけれど、使用が難しいし。

「じゃあ邪神とお呼びしますね。あと思いつくのはシャーデンフロイデとかクーゲルシュライバーとかしか無いので」

「……む？　それは良いな。貴様らにも理解できる名は必要だと思っていたところだ。これからは邪神クーゲルシュライバーと名乗ることにしよう」

あっ、気に入られちゃった。しかもダサい方。クーゲルシュライバーはボールペンのドイツ語だ。中学時代の私の必殺技名でもある。

自分の名前が筆記具のことだって分かったら、絶対にこの人怒るよなあ。秘密にしとこ。

邪神ボールペンさんは、私を真っ直《まっす》ぐと見て……こっち見てるはず。どこが正面か分からん。

「して、貴様」

「私ですか？」

「ああ、塵芥《じんかい》の如《ごと》き下位存在の頂点に立つ者よ。オレの軍門に降《くだ》るが良い」

「勧誘ですか？」

この邪神は私を手下にするつもりか。

裏切られて2号が駄目と見るや私に鞍替《くらが》え。見境が無い。

「遠慮しておきます。何をさせられるかも分かりませんし」

「貴様には初めから目を付けていたのだ。並行世界の貴様……2号だったか？　彼女に声をかけたのは、彼女が御しやすかっただけのこと。貴様が2号を殺すプランに変更でも構わんのだ」

「はあ？　私が御しやすいですって？　結局裏切られた癖に何言っちゃってんのよ⁉　あと私がコイツに殺されるわけないじゃない！」

「見返りは……そうだな――」

邪神クーゲルシュライバーは2号の声を無視して言う。彼にどんな提案をされようと、私は絶対に心揺らいだりはしない！

「――オレの手下になれば無限に強くなれることを保証しよう」

「え？」

「まずはレベル99の枷を外すところからだ。それからも絶え間ない戦いの日々が続く。また新たな上限が見えたならば、それを突破する方法を模索していこうではないか」

無限にレベルが上がるのか。ふーん。別に興味ないけどね。

ただ、ほんのちょびっと詳細を聞いてみるのもありっちゃあり。敵の情報をなるべく引き出すためだ。他意は無い。

「詳しく」

「ほお、興味があるか。こんなに簡単なら、初めから貴様に声をかけるべきだったな」

「仮に99の上限が無くなったとして、その後のレベル上げ方法は？」

「レベルを上げるには魔力を体内に取り込むしかない。一番効率が良いのは全《すべ》てを魔力で構成された疑似生命体、いわゆる魔物を倒し続けること。貴様が今まで為《な》してきたのと同じだ」

やることは同じか。更に強くなって、更に強い敵を倒してねえ……更に強い敵って何だろう？

邪神は共闘もするみたいなニュアンスで私を誘ってきたけれど、敵って誰《だれ》？

あまり強くなる方法を聞きすぎても、隣のパトリックから感じる視線が痛くなるだけだ。邪神の敵について質問する。

「具体的に……クーゲルシュライバーさんは誰と戦っているのですか？　並行世界全ての管理者に

敵なんていないですよね？」

「他の世界の連中だ」

「……他の世界全部を管理してるんですよね？」

「ふむ……何と言語化したものか……。オレは、樹《き》のように分岐する並行世界の全てを手中に収めている。その樹の枝の一本がこの世界だ。枝が一本ではないように、樹もまた一本ではない。オレは別の樹に攻め入ろうとしているのだよ」

別の樹、この世界とは類似性の無い法則すら違う世界。つまり異世界。

彼は、この世界だけでは飽き足らず、異世界にまで侵略の手を伸ばそうというのか。

「異世界という認識で合ってますか？」

「なるほど、異世界か。短く言い表せて丁度よい。貴様、分かっているではないか」

「その異世界にも管理人はいますよね？」

「ああ、奴《やっ》らに対抗するための貴様だ。そしてオレの真の目的は異世界だけではない」

まだ野望は続くらしい。彼は熱のこもった様子で続ける。

「オレはある時、思った。この世界は本当に樹なのか？」

「はい？」

「オレが樹だと思いこんでいるだけで、更に大きな樹の一部ではないのか？　更に大きな世界の存在に作られた、箱庭のような世界である可能性は捨てきれない。想像してみろ、その世界の連中は、この世界を上から眺め、娯楽として楽しんでいるのだ！」

「……あっ」

何を馬鹿なことを、と考えかけて思い出す。この世界は乙女ゲームの世界だった。

この世界を上から眺めて楽しんでいる人は間違いなく存在する。私もその一人でした。

思わず変な声が出てしまい、邪神に訝《いぶか》しがられる。

「どうした？」

「いえ、続けてください」

「その世界の奴らから見れば、オレは小さな箱庭で遊んでいる矮小《わいしょう》な存在に過ぎない。まさに道化ではないか！」

ここは乙女ゲームの世界ですよって教えたら、この人憤死しそうだな。

あとついでに、私が住んでいた世界もピンチだ。力を蓄えた邪神は日本に攻め込むだろう。乙女ゲームの世界から侵略を受けた日本は……ん？　そこまで危機的でもない？

どうも危機感が足りない。電子世界の神が～と言えば緊迫感が出るのに、乙女ゲームの神が～と言い換えると、急にショボく感じる。

というか邪神はあんなに偉そうにしているけれど、ここって恋愛シミュレーションの世界だぞ？

そんなわけで、ここは物語の世界だ。でも、ここで暮らす人たちは間違いなく生きているし、自分で選択をすることが出来る。十分だと思うけれど。

付け加えれば、私がかつて住んでいた世界も、完全にオリジナルの世界とは限らない。私が知らなかっただけで、裏では陰陽師《おんみょうじ》と妖怪《ようかい》のバトルが繰り広げられる漫画の世界だった可能性だってある。その漫画を読んでいる世界は……と無限に想像が続く。

「仮に、この世界を見ている世界を支配したとして、その世界も物語や箱庭のような世界かもしれませんよ？」

「ならば、上の上の上の世界すら支配するまで」

「上の上の……更に上があるかもしれませんよ？」

「無限に続こうとも、オレは高みに登り続ける」

きりがない。多層的な世界を無限に登り続けたところで、一番上に、樹の根元に辿《たど》り着《つ》いた保証は誰がしてくれるんだ？

とても付き合ってられない。というか、彼は日本……私がいた日本がある世界を観測できているのかな？

「その……上の世界は本当にあるんですか？」

「理論上は存在する。観測はできていないが間違いなく存在するのだ。オレや貴様を見て、悦に入っている連中に目にもの見せてやろうではないか！」

「申し訳ないですけど、興味ないです」

すごいどうでもいい。確かに私を高みから見て、可愛《かわい》いだとか頭がおかしいだとかゴリラだとか、好き勝手に言ってる人たちがいるのは嫌だ。でも、並行世界やら異世界だけでお腹いっぱいなのに、上の世界とか構ってられない。

今が幸せならそれでいい。その幸せはこの世界の内側だけで十分すぎるほどにまかないきれる。

あーあ、邪神の誘いを断っちゃったよ。ここから争わずに帰ってもらえないかな。

内心で焦っていると隣から声が。パトリックだ。

「ユミエラ……俺は信じていたぞ」

え？　私がボールペンの手下になると思っていたの？

信じていたという言葉が、多少は疑っていたことの証明だ。私が異世界を征服して回るわけないじゃん。

流石《さすが》に酷い。ショックですよと視線を送ると、彼は続けた。

「あ、いや、ユミエラは強さのことになると見境がなくなるから、万が一ということも想定して……」

「強くなるために何でもするなら、私は真っ先に2号を倒すんだけど。私をバトルジャンキーみたいに言うのやめてよね」

「すまない」

素直に謝るパトリックだが、少し首を傾けたのは見逃さなかったからな。

この件は後回し。今は邪神に集中せねば。すごい神様なんだから簡単に怒ったりしない……よね？

「そういうわけですので、お力になれそうにありません」

「貴様は勘違いしていないか？　オレは手下にならないかと質問したのではない。オレの軍門に降れと命令したのだ」

「……ちなみに命令違反するとどうなります？」

「消すしかあるまい」

すごい怒ってた。

邪神の野望は、この世界だけで収まる話ではなくなっている。いつかは戦うことになるかもしれない。でも今は嫌だ。家の近くだし。そろそろリュー君帰ってくるし。

ここはおだててお茶を濁そう。そして帰ってもらおう。

「あー、邪神クーゲルシュライバー様はすごいお強いんですよね？」

「当たり前だ」

「ならば、私ごときが手下になってもお役に立てるかどうか……」

「いくら力を溜《た》め込もうとも、オレの力は有限だ。限りがある以上、些事《さじ》にリソースを割くのは避けたい。こうして世界に現れているだけでリソースは食われるのだ。力を振るうとなれば尚更《なおさら》。だからこそオレは強い部下を欲している。認めよう、貴様は強い。オレのために存分に力を振るうが良い」

いや、そういう方向に行っちゃうのか。

力を出し惜しんでいるのだったら、勧誘を断られたくらいで怒らなきゃいいのに。……そこを攻めてみるか。

「リソースは大事ですよね。ですので、ここは何もしないで帰るのが最上の策かと思います」

「その通り。よく分かっているではないか。ならば命ずる、オレに代わりこの場にいる者どもを消し去れ！」

「いい加減しつこい！　部下にはならないって言ってるでしょうが！」

ああ、言ってしまった。だってしつこいんだもん。


逆上するかに思われた邪神は、静かに言う。

「管理者コード発動・当該空間の対象を停止」

何を始める気だと言おうとして、口が動かないことに気がつく。

口だけではない。手も足も、眼球すら動かせない。

視界の端に映るパトリックと2号も微動だにしない。恐らく私と同じで動けないはず。

頼みの綱は私の影の中にいるレムンだ。

「動けないだろう？　これが神の力だ。貴様ら四人は……四？　……ああ、なるほど、影の中か。レムン……だったか？　オレからすれば貴様も人間と同じレベルだ」

ええ、レムン君も動けないの？　もう駄目じゃん。

邪神は一ミリも動けない私たちを眺めながら語る。

「オレに逆らうことが何を意味するか、その身をもって――」

長々と語る邪神は、天から降り注ぐ黒い柱に飲み込まれた。

遅れて爆音が耳を過ぎる。これは……リューのブレスだ。

闇属性のドラゴンブレスは対象を溶かす効果がある。石だろうと金属だろうと、溶解間違いなし。

いくら邪神とはいえ、無事では済むまい。

「……ドラゴンか。管理者コード発動・対象を停止」

ブレスが途切れて出てきた邪神は、変わらぬユラユラモザイク姿のまま平然と言う。

全く効いた様子が見られない。しかもリューの動きも止められてしまったようだ。

目も動かせないから確認しようにも出来ないが、リューがブレスも咆哮《ほうこう》もしないことから、動けないことは確実だろう。

私もまだ動けない。いくら力を入れても、体がピクリとも動かない。

どうする私、考えろ、考えろ。

「何事ですの⁉　すっごい音がしましたわ！」

悪いことは連鎖的に発生する。

ブレスの音を聞きつけて、エレノーラが屋敷から外に出てきてしまった。

だから場所を改めたかったんだ。恨むぞ2号。

「次から次へと面倒な……管理者コード発動・対象を停止」

ああ、リューに引き続きエレノーラの動きも封じられてしまった。

また戦力を失ったことに……ならないけど、戦局には全く影響ないけど、エレノーラの動きも止まってしまった。

いや、振り返れないから分からないけど、私もパトリックもリューも抗《あらが》えなかった謎の力にエレノーラが対抗できるはず――

「わわっ！　一瞬だけ動けなくなりましたわ！　何ですのこれ？」

「……何だと⁉」

……何だと⁉

邪神が口に出したのと同じ感想を心中で呟《つぶや》いた。

どうしてエレノーラは動ける？　まさか彼女の秘めたる力が花開き……と考えていると、耳元で声が。

「またエレノーラを危険な目に遭わせて……今度改めてお話する必要がありそうですね。管理者コード発動・対象の制限解除」

「わっ！　あ、動ける」

振り返ると白い髪に輝くおでこの女性がいた。

エレノーラがピンチとなれば、彼女の参戦も頷《うなず》ける。

「来てくれたんですね、デコちゃん！」

「デコちゃんは止《や》めなさい！　サノンです！　それよりすぐに転移します。準備なさい！」

そう言えば、サノンは太陽の出ている所ならどこでも転移可能だとかなんとか。レムンがタクシー代わりにしようとして断られていたはずだ。

多分、戦場からエレノーラを引き離したいだけなのだろうけど、ありがたい申し出だ。

サノンは返答を待たずに行動を起こす。目が眩《くら》み、何も見えなくなるほどの光が溢《あふ》れ出し……待って、この光、すごい痛い。

「痛い痛い痛い」

「痛い痛い痛い」

「痛い痛い痛い」

私と2号と、後はレムンか。光属性で大ダメージを受けるメンバーが多すぎる。


光が消えた頃《ころ》には、辺りの景色《けしき》は一変していた。

ここは……サノンと初めて会った場所だ。何も無い荒れ地。周囲への被害を考えなくてよい。

次に転移した人物を確認。私と2号、レムンはいる。隣を見るとパトリックもいたし、複数人の瞬間移動をやってのけたサノンもいる。

そして当然、謎のモヤモヤ、邪神クーゲルシュライバーもいた。

「ほお、空間転移か。位相丸ごと指定されては抗いようが無いな」

彼は突然の転移に動じた様子もない。

周りを気にしなくて良い場所は確保できた。あとは邪神を全力で倒すのみ。謎の拘束能力を使う邪神相手と如何《いか》にして渡り合うかは、対抗手段を持っているサノンにかかっている。

頼みの綱である光の神様は、私の耳元に口を近づけた。

「貴女《あなた》たちの制限解除と転移で、ワタシは力の大部分を消費しました。あとは貴女次第です」

「……えー」

「ドラゴンを運べなかったのはワタシの力不足です。申し訳ありませんでした」

「こんな危ない所に！　リューを連れて来られるはずないですよね！」

「え、あ、はい」

我が家のリュー君とエレノーラちゃんは守られるべき存在なのだ。得体の知れない邪神なぞとは関わっちゃいけない。

しかし困った。邪神のあの力は、来ると分かっていても避《よ》けられるものじゃない。

落ち着いて作戦会議……といきたいが、邪神はそれを許してくれないだろう。

「はあ。……やりなおしか、面倒な。管理者コード――」

あ、まずい。このままでは、また動きを止められてしまう。

ええい、こういうときは殴れば大体なんとかなる。

私は邪神クーゲルシュライバーに、つまりは謎のモヤモヤに近づき、思い切り殴る。

渾身《こんしん》のユミエラパンチは邪神の頭部辺りに命中。やった。そして……拳《こぶし》はすり抜けた。

……あれ？　当たったはず。当たった感触はあった。でもすり抜けた。霧とかそういう感覚でもなかったし……なんだコレ？

「無駄だ。オレと貴様らでは位相が違う。姿をハッキリ視認できない相手を触れるはずないだろう」

理屈は不明だが、物理攻撃は無効っぽい。

なら魔法だ。リューのブレスは効いてなかったけど果たして……。

またしても邪神が例の力を使いそうなので、慌てて魔法を発動する。

「管理――」

「ブラックホール」

モヤモヤモザイクが黒球に覆い隠される。

ブラックホールは空間を丸ごと消滅させる魔法。サノンの空間転移の影響は受けたのだから、効果がある可能性が高い。

数拍の後、漆黒の球体は、中央に向かって収縮するように消滅した。

そう。球体は消えた。恐らく大気も消えているだろう。だが、肝心のヤツは全くの無傷で立っていた。

「そんな……」

「無駄だと言っただろう。その魔法は強力だが、消し去れるのは貴様らの位相の物質のみだ」

もう無理だ。私は、格上と戦った経験がない。しかも、ここ最近はブラックホール一発で終わる相手とばかり戦っていた。心のどこかで、いざとなったら魔法を使えば絶対勝てると慢心していた。

物理もダメ。魔法もダメ。話し合いでの解決も既に遅い。

ああ、今回ばかりは無理だ。私はバグレベルの強キャラだけど、邪神は本物のチート使いだ。

私は全身の力を抜いて言う。

「万策尽きました」

「その潔さは褒めてやろう。管理者コード――」

「諦《あきら》めるな！」

邪神の体が、地面から生えた石の槍《やり》に貫かれる。

駄目だよ、パトリック。全然効いてない。

「諦めの悪い……。管理者――」

「コイツにも弱点はある！　気が付かないユミエラじゃないだろ！」

パトリックは邪神に斬りかかる。剣は素通り。モヤモヤが僅《わず》かに揺らぐのみ。

というか、さっきから邪神は言葉を途中で遮られてばかりだな……あ！

「管理者コード――」

「ダークフレイム」

「管理者――」

「ブラックホール」

「管――」

「ユミエラパンチ！」

そうか！　助かったよパトリック！

ありがとうと視線を送ると、彼は力強く頷いた。

コイツ、管理者コード何とかかんとか……って言わないと力を発動できないんだ。しかも攻撃すれば中断させることができる。「か」と言った瞬間に攻撃すれば完封できてしまうのだ。

ただ邪神に影は無い。シャドウランス系の、影から出てくる魔法が使えないのは注意しないと。

邪神はあからさまに苛《いら》ついた様子で言う。

「小賢《こざか》しい真似《まね》を……いつまで続ける腹づもりだ？」

「一回殴って駄目なら、百回殴ればいい。百回殴って駄目なら、千回殴ればいい。あなたを倒すまで続けますよ」

「バカな——」

「ブラックホール……あ、今のはバカの力でしたね。間違えました。紛らわしいので、かって言わないでください」

よおし、調子が戻ってきた。

一見すると無敵な敵を倒す方法はいくらでもある。謎のおじさんから特殊な呼吸法を習うとか、謎のお爺《じい》さんに死の概念を付加してもらうとか、紫ピクミンをぶつけるとか。

他人頼りな方法ばかりになってしまったけれど、他にも色々ある。片っ端から試そう。

ブラックホールを無効にされて、珍しくブルーになってしまったぜ。地獄の耐久戦を始めてやろう。ふはははは。

それもこれも、全部パトリックのお陰だ。落ち込んだところに駆けつける恋人、最高じゃん。

「ありがとうね、パトリック」

「ああ。一回殴って駄目なら……のくだりは最高だったぞ」

「え？　そんな急に口説かないでよ！」

「俺はユミエラのそういうところが、どうしようもなく好きなんだ」

え、ちょっと、へ、ん？　今のは口説いてないってツッコミを入れる場面じゃないの？

え？　え？　待って、どうゆうこと？

ボケ潰《つぶ》しをされて脳がエラーを吐いている間、パトリックが邪神の行動を妨害していた。

いけないいけない。彼一人に負担を強いるのは、これからの長期戦を考えるとよろしくない。

私もすぐに加勢しよう。二人で力を合わせれば……いや、二人じゃないじゃん。もっと人手があったはずだ。

私たちのラブラブ空間に入るのが申し訳ない気持ちはよく分かる。しかし、サボりは駄目だよ2号と神様連中。


確認すると、戦場から少し離れた場所で2号とサノンが会話をしていた。マジでサボるな。

「ねえ、アンタ」

「サノンです」

「名前はどうでもいいわよ。アンタに聞きたいことがあるの。どうしてアンタは殺されそうになっても抵抗しなかったの？　闇の神よりずっと強いわよね？」

「……無抵抗を選んだのは貴女の世界のワタシです。ワタシに聞かれても困ります」

「私じゃないんだから、同じような思考回路でしょ？　なら分かるはずよね？」

声をかけようとしたが、二人の話に思わず聞き入ってしまう。

完全に盗み聞きだ。でもサノンが無抵抗だった理由も気になるし……。悩んでいる間にも会話は進んでしまう。2号は喧嘩腰《けんかごし》に、サノンは淡々と。

「ワタシは、人間に関わることを好ましく思っていません。人間同士の諍《いさか》いに介入するなど、もってのほかです」

「そりゃあ戦争に神サマが口挟むのはどうかと思うけれど……。私はアンタを殺したのよ？」

「それでもです。己が死亡するとしても、神が一人の人間を殺すなど、あってはならない」

「はあ？　人間？　魔物を操れるヤツが人間なはずないでしょ？　一人の人間が、世界を滅ぼせるわけないでしょ？　魔王よりずっと酷《ひど》い化け物よ」

「………………ユミエラ・ドルクネス、貴女は間違いなく人間です。ワタシの愛する人間の、一人です」

「……ばっかみたい」

2号はそっぽを向いて吐き捨てる。

サノンはサノンで、ただ事実を述べただけだという様子で素っ気ない雰囲気だ。

今まで、エレノーラに関わる場面しか見ていなかったから分からなかったが、彼女の平等さは異常だ。世界を終わらせる厄災となった2号すら、一人の人間だと考えて手出しはしない。特定の人間に肩入れしないという自戒が原因で、人類どころか、自分の危機にすら何もできない。2号の犠牲になった人の中には、エレノーラも含まれていただろうに。


タイミングを逃し、声をかけあぐねていると、足元から声がする。やっとレムンが出てきた。

「ホント、サノンは度を越して不器用だよね」

「度を越しすぎです」

「昔ね、色々あってね。こうやって助けに来たのも驚いているくらい」

サノンはエレノーラのピンチを見過ごせなかっただけだと思うけど。私やレムンを助けるためでも、邪神に対抗するためでもない。

動機はどうあれ光の神様は命の恩人だ。拘束を解除してくれて、転移までしてくれて。それに引き換え、レムンは活躍の機会が少ない。

でも見た目は子供だし、仕方ないかな。彼はそんな私の視線に感づいたようだ。

「ボクのこと、役立たずだと思ったでしょ？」

「いいえ。何のために影の中でコソコソしていたんだろうとか、考えてないです。一緒に動けなくなったら意味ないだろとか、考えてない……です」

「しょうがないじゃないか！　アイツがコードを使ってくるのは分かっていたけれど、まさか空間まるごと指定してくるなんて思わないじゃない！」

「いや、知りませんよ。あとコードっていうんですね」

「あの力を出し惜しむことで有名なアイツがだよ⁉」

だから、常識みたいに言われても知らないって。

ではでは、想像以上に気に病んでいたレムンに大役を任せよう。これは彼にしかできない一大任務だ。

「話している暇はないです。例の剣、出してください」

「……ああ、預かってたね。はい」

レムンは影の中から、手早く剣を取り出して私に差し出す。こう、味気なくポンと。

話が違う。もっと、こう、かっこいい感じで取り出す手筈《てはず》だったじゃん。演出ゼロじゃ彼に預けた意味がない。

拍子抜けしつつ剪定《せんてい》剣を受け取ると、その様子を見ていたらしいサノンが鋭い声を上げる。

「なんて物を持っているのですか！」

「あ、危ないのは分かってますよ」

「危険の範疇《はんちゅう》を遥《はる》かに超えています！　そんなおぞましい物……」

サノンは剪定剣がお気に召さないみたいだ。光と闇で相性が悪いとかあるのかな。剣に食べられちゃうわけでもあるまいに、過剰反応しすぎだと思う。

さて、演出を放棄したレムンに文句は山程あるが、自分でも言ったように今は時間が惜しい。邪神への飽和攻撃に2号も参戦し始めて余裕がありそうに見えるが、私も参加した方が良いだろう。取り出し演出も今日は止めておこう。ささっと鞘《さや》から黒い剣を抜く。

「我が手に来たれ、世界の枝葉を刈り取りし、剪定の剣」

「え？　何か言った？」

「何も言ってないです」

ボソッと呟《つぶや》いた詠唱をレムンに聞かれてしまったので白を切った。

詠唱など諸々《もろもろ》のそういう系を、好きな自分と恥ずかしがる自分が心の中で戦っている。その決着がつく前に、さっさと邪神との戦いを終わらせよう。

この剣なら効果があるかもしれない。走り、近づき、斬りつける。

「これならっ！」

またただ。またすり抜けた。他の攻撃を当てた場合と同様、モヤモヤが僅かに揺らぐのみ。

剪定剣の効果が全く見られない邪神は平然と言う。

「……そうか、貴様が持っていたのだったな。失《な》くしたとはいえ、元はオレの所有物だ。ついでに返してもらおう」

「うーん。これなら効くと思ったんですけどね」

「いくら強大な代物でも、力を引き出さねば意味がない」

「あっ！　力を解放する鍵《かぎ》ってやつですね！　どんなのですか⁉　ヒント！　ヒントだけでいいんで！」

「な、なんだ、その反応は……？」

あれ？　どうしてそんなに引き気味なの？　表情だけでなく仕草すら曖昧《あいまい》な邪神だが、戸惑っている様子が分かった。

ただ教えてくださいってのは失礼だったな。反省。

「すみません、好奇心が抑えられなくて。条件を満たさないと力を発揮しないのはロマンに溢《あふ》れているなと思っただけです。言葉の通り、金属の鍵があるわけじゃないですよね？　そこだけ分かれば満足しますから」

「あ、ああ……その通り、鍵と呼ばれる条件がある」

「ですよね！　ですよね！」

「だから、その反応は何なのだ……」

分かって満足。できれば条件の詳細も知りたいけれど、それは欲張りだよね。

諦《あきら》めるか、駄目を承知で質問するか悩んでいると、困惑していた邪神は気を取り直したように言う。

「力を解放するには剪定剣の真なる名、いわゆる銘を知らねばならぬ」

「ぽいぽい！　それっぽい！　いいですね！」

「……大丈夫か？」

何故《なぜ》か邪神に心配された。人の身を案ずるようなキャラじゃなかったはずだけど……。

怪訝《けげん》に思われていることを察したのか、彼は咳払《せきばら》いをしてから口を開く。

「して、剣の銘だが……貴様には話した気がするがな」

「聞いてないですよ？」

「そうだったか？　……ああ、そうか。貴様は貴様でも並行世界の方だったな」

邪神はわざとらしくクックッと笑い、2号を見やる。

知られては困るであろう剣の銘。大事なことを彼はなぜ2号に喋《しゃべ》ったのだろうか。しかも、それをわざわざ私に伝えた意味とは。銘を知られても困らないということか、何か罠《わな》が仕掛けられているのか、はたまた……いや、そういうのどうでもいいや！

私は邪神そっちのけで2号に近づく。

「2号ちゃん！　聞いたんでしょ！　教えて、ね？　ね？」

「アンタ、頭大丈夫？　どうしちゃったの？」

まずい。2号ちゃんは平常通りご機嫌ナナメだ。

口を閉ざされては堪《たま》らない。誰《だれ》の頭がおかしいんだと反論したいところ、私は精一杯に愛想よく言う。

「頭は大丈夫じゃないかも！　剣の名前を聞いたら治ると思う」

「うわっ……キモチワル」

「キモチワル？　……随分と個性的な名前だね。テンション下がっちゃった」

「気持ち悪いのは剣じゃなくてアンタよ」

あ、私を気持ち悪いって言っていたのか。剣じゃなくて良かった良かった。

ユミエラ二人でワイワイやっている間、邪神は隙あらばコードを使おうとするがパトリックが全《すべ》て阻止していた。

一人でやらせてごめん。彼は邪神から目を離さず、私に言う。

「どう考えても裏があるだろう！　聞いても言うなよ！」

それは無理だ。好奇心に殺されてやろう。猫と心中も悪くない。

嫌だと答えたら揉《も》めるだろうし……私が答えあぐねていると、2号が代わりに返事をする。

「大丈夫よ。私、聞いたみたいだけど忘れたわ」

「はあ!?　どうかしてる！　頭大丈夫!?」

「アンタにだけは言われたくない。見たこともなかった剣の名前なんて、覚える気ないわよ」

ええ……テンション下がる。

どんな響きかだけでも知りたいな。三日月宗近っぽい名前かデュランダルっぽい名前かで心持ちが変わってくる。


そこだけ教えてと2号に泣きつこうとしたとき、小さな声が聞こえた。確かに聞こえるが、高いか低いかも分からない不思議な声色だ。

「無理だったか……。力を振るうのもやむを得まい」

邪神の不穏な発言を聞いた瞬間、底知れない恐怖感を覚えた。

攻撃は効かずとも抑えるだけなら簡単だと思っていた相手を、確かに私は怖いと思った。

今、邪神に一番近いのはパトリック。「危ない離れて」の言葉は間に合わなかった。

注意を促す暇もなく、彼は吹き飛ばされた。

「パトリック⁉」

思わずパトリックが飛ばされた方向に向かおうと、邪神から気を逸《そ》らしてしまった。

隙を見せたら最後、私たちは動きを止められるのだ。サノンが力を使い果たした今、あれから復帰する手段はない。

それに気がついたとき、邪神は既に、コードを言い終えそうだった。

「管理者コード発動・当該空間の対象を停――」

周囲がスローに見えるくらいに頭を回して考える。どうすれば阻止できる？

近づき物理攻撃。無理。とても間に合わない。

ブラックホール。ブラックホールは発動するまでに僅《わず》かな溜《た》めを要し、その後の黒球消滅にも間が空く。普段なら気に留めない時間だが、今は瞬《まばた》きの間さえ惜しい。

シャドウランス。即座に発動可能だがヤツには影が無い。開けた場所故、近くに手頃な影も無し。却下。

ダークフレイム。指から飛ばす魔法。ファイアボールと変わらない速度。比較的遅い。間に合わない。

手元にある剣を投げる。ダークフレイムよりは速い。でも間に合うかどうか……。

今度こそ万策尽きた。三十メートルも無い距離が、とんでもなく遠く感じる。

勝算の高いことはやっておこうと、剣を振りかぶる。ああ、筋肉を縮める時間がもどかしい。

邪神を見据えて狙《ねら》いを定めたところ、違和感を覚えた。

謎のモヤモヤ本体ではなく彼の足元。地面が黒い。黒々とした丸い影が、ハッキリと出来ていた。

考えている暇は無い。影があるならアレが使える。

発動までのタイムラグは私から見てもほぼゼロ。神速の黒槍《こくそう》が邪神を貫く。

「シャドウランス！」

「――ちっ、邪魔されたか」

この隙に私は邪神に肉薄する。これで大丈夫。

危なかった。一秒にも満たない時間で事態が急変したな。

私を救った謎の影はすぐに消えてしまった。それと同時に私の影からレムンの声がする。

「ボクも一応、仕事しないとね」

「あの影はレムン君が？」

「ボクは闇の神だよ？　あれくらい出来て当然」

「では常に影をお願いします。邪神の真下で」

「いやあ、それがね、今ので結構、疲れちゃったんだよね」

レムン君、虚弱体質だった。一瞬、地面に影を作っただけで辛《つら》いって……。

しかし、窮地を救われたのだ。体力の無さについては追及しないことにする。


レムンとの会話もそこそこにして、私は邪神に注意を向ける。

集中を切らさなければ、ブラックホールも近接攻撃も間に合うのだ。先と同じ轍《てつ》は踏むまい。

それと警戒しなければならないのは、パトリックが後方に吹き飛んだ原因だ。チラリと見ただけだが、彼の無事は確認できている。

邪神が出した衝撃波のようなものだろう。

予備動作を見逃すまいと気を張り詰めていたところ、体が浮き上がる。

「えっ？」

そして私は、後ろに吹き飛ばされた。

あれだけ警戒していたのに。邪神から一時も目を離さなかったのに。何の予備動作も詠唱もなく衝撃波が発生した。

恐らく、事前に察知することは不可能。

威力は弱い。私やパトリックなら体に何の影響も無いだろう。

ただ飛ばされるだけ。それがあまりに致命的。

「管理者コード――」

またか。

同じことの繰り返し。芸が無いと言いたいところだが、またしても危機的状況だ。

純粋な魔力を放出し、空中で体勢を整える。これだけで結構な魔力消費になってしまう。

邪神の姿を目視。少し移動していた。当て推量で魔法を使っていたらと思うと肝が冷える。

「ブラックホール」

本日何度目かも分からない闇属性最上位魔法を使い、邪神のコード発動を妨害する。

地面に着地すると、後ろからパトリックが駆け寄ってきた。

「大丈夫か?」

「大丈夫。パトリックも平気そうで良かった」

「しかし……まずいぞ」

「うん、どうしようね」

邪神に対して有効打を出せない私たちは、長期戦を見据えて根比べする気でいた。ヤツが詠唱を始めたら攻撃して、妨害を延々と繰り返すだけ。

交代で眠れば数日は平気で続けられる。その稼いだ時間で何かしらの方策が見つかれば良し、向こうが諦める可能性だってある。

しかし、あの衝撃波が加わると話は別だ。ダメージ無しでも確定ノックバックは強い。

パトリックが飛ばされた先程、私が飛んだ今と、ギリギリの局面が続いている。

警戒していれば邪神がコードを言い終える前に邪魔できるだろう。でもそれを何時間も続けるのは無理がある。

「こちらからの攻撃手段が無いのが厳しいな」

「これを続けるのは大変だよね」

「向こうもまだ何か隠しているはずだ。疲弊したところで奥の手を使われたらどうしようもない」

「行動不能って、実質即死みたいなものだしね」

邪神がコードを言い終えても、私たちは動きを止められるだけ。そう思うとあまり危機感を持てないが、戦闘中に動きを止められるのは死んだも同然だ。

私たちの最終手段であるエリクサーが使えない分、即死攻撃を乱発してくるより厄介かもしれない。

あれ？　エリクサーって行動不能に対しても使えるのかな？

気になったので、私は影に向かって問いかける。

「レムン君、レムン君、あのコードっていうのにエリクサーは使えますか？」

「使えるとは思うけど……アイツは空間を丸ごと指定するつもりだよ？　誰《だれ》がエリクサーを使うの？」

あー。実質的には全体即死攻撃を放ってくる相手と戦っているのか。辛いなあ。

それにしても、エリクサーの効能は謎だ。やはり蘇生《そせい》薬というよりかは……いや、今考えることじゃないな。

「それじゃ、散開で」

「分かった」

私とパトリックは頷《うなず》き合った後、左右に分かれて走る。

どちらかが吹き飛ばされても、どちらかが攻撃。交互に戦えば大丈夫なはず。

「ふん、小賢《こざか》しい真似《まね》を」

そう邪神が言ったと同時、またしても私は空中に舞い上がった。

やっぱりこれ、予備動作も予兆も無いから防ぎようが無い。

邪神は私狙い、後は頼んだパトリック……と思ったところで、視界の端に宙を舞う彼の姿が……。

全方位なの？　強すぎない？　私だったら技名を考えて……ああ、技名とか言わないから厄介なのだった。

「私がやる！」

今回はパトリック温存で行こう。

先程と同じように、魔力放出で体勢を整えて魔法を使おうとする直前、邪神は黒球に包まれた。

私以外にブラックホールを使うのはユミエラ2号だけだ。彼女は着地した私の横に来てマイペースに言う。

「どう？　アンタなら勝てそう？」

「動くなら言ってよ！　魔力無駄遣いしちゃったじゃない！」

「ああ、無理そうってことは分かったわ。アンタも大したことないわね」

「はぁ？　邪神の前に2号を倒した方がいいかもね」

「ふーん、分かってるじゃない」

え？　分かってるって……何を？

私が疑問を差し込む前に、口の端を吊《つ》り上げた彼女は楽しそうに口を開く。

「アイツを倒す方法、私は知っているわよ」

「えっ？　ホント!?」

「私が無策で邪神に喧嘩《けんか》を売るはず無いじゃない。初めから、アイツを倒す道筋は考えてあるわ」

「すごい、流石《さすが》2号さん。そんなのがあるなら最初から言え」

今だけは2号ちゃんを褒めてあげようと思ったが、後半で本音が漏れてしまった。本当に最初から言え。今までの攻防は何だったんだ。

して、彼女の秘策とは一体……。

ユミエラ2号は心底楽しそうに……客観的にそこまで楽しそうではないけど表情筋が死んでいる

ユミエラ基準では心底楽しそうに言う。

「アンタには教えてあげない」

「は？」

「私がメインでやるから。その後は流れで分かるわよ」

「はあ？」

「アンタは目眩《めくら》ましをして頂戴《ちょうだい》。アイツに向かって、出来るだけ大きなブラックホールを」

彼女はどこまでもいけ好かない。

味方なら味方らしくして欲しい。そんな態度だと背後からの銃弾で死んでも仕方ないぞ。

しかし、やることはやるか。今の私は完全に無策。彼女の秘策に乗るしかあるまい。

邪神の向こう側に回り込んでいるパトリックにジェスチャーで下がるようお願いしてから、2号に確認を取る。

「やるよ？」

「いつでもいいわよ」

彼女は何をするでもなく、私の隣に平然と立っていた。本当に大丈夫？

まあ、やるか。なるべく大規模なブラックホール。邪神を中心にして、私たちの立っている所ギリギリまでの大きさなら問題ないだろう。

「……ブラックホール！」

漆黒の球体が出現する。半分は地面を巻き込んでいるのでドーム状に見えるはずだが、私からの視点では真っ黒な壁が出来たようにしか見えない。

その時、ユミエラ2号が私の耳元で囁《ささや》いた。

「後はお願い、ユミエラ1号」

「え？」

2号は柄にも無いことを言う。1号と呼ばれたのも初めてかも。

何事かと横を見ると、彼女は前へと走り出していた。そして、黒い黒い壁の中へ。

「危ないっ！」

「剣の名前は――」

ブラックホールの出現と消滅にはタイムラグがある。その僅かな時間に範囲内から脱出すれば回避が可能。

逆に言えば、時間内に範囲に入ると……。

それを彼女はやってしまった。闇の中に飛び込んでしまった。

黒い球体は、全《すべ》てを消し去りながら、中央に向かって収縮を始める。

瞬きの間に、黒球は完全に消えてしまった、ユミエラ2号を巻き込んで。

「……え？」

眼前に巨大クレーターが出来ている。気圧の差が出来て、足を取られそうなほどの追い風を受ける。大穴の中央には邪神が変わらぬ姿で立っている。ユミエラ2号は消えている。

「…………うそ」

嘘《うそ》だ。何かの間違いだ。2号はきっとどこかに隠れていて、邪神に不意打ちをするつもりなのだ。

呆然《ぼうぜん》と周囲を見回す。彼女はいない。隠れられる場所も無い。

まさか、まさかね……。

「……あ」

濃密な魔力が体に流れ込んでくるのを感じる。可視化するほどに濃い闇の魔力。

受け入れられなかった事実を突きつけられる。これは、この現象は……。

「ああ…………」

酔いそうなくらいに大量の魔力を、私は凄《すさ》まじいスピードで吸収していく。

体に馴染《なじ》む、慣れ親しんだ魔力。そりゃあそうだ、だって同じユミエラの残滓《ざんし》なのだから。

「この感覚、久しぶり」

何年ぶりかのレ、ベ、ル、ア、ッ、プ、。今まで経験したことのない、急激な力の上昇を感じた。

私は強くなった。圧倒的に強くなった。その強さを身に宿し、彼女が死んでしまったことを改めて実感する。

ユミエラ2号は、私の魔法に飛び込んで命を落とした。

「む、位相が上がったか。して……貴様はどちらだ？　この世界の方か？　並行世界の方か？」

邪神がのうのうと言ってのける。私たちの見分けもついていなかったのか。本当にいけ好かない。

水滴で視界が歪《ゆが》む中、私はユミエラ2号の言葉を思い出した。「私が死ぬときは、いけ好かないヤツを道連れにするって決めてるの」

ああ。道連れにするのは邪神か。道連れとか良くないことだと思ってるけど、こんなのやるしかないじゃないか。ここまで考えて彼女はブラックホールに飛び込んだのだろうか。

頰《ほお》を垂れる水を拭《ぬぐ》いつつ、内心でこれでもかと彼女を罵《ののし》る。ユミエラ2号は本当にいけ好かない。私はあなたが嫌いだよ。

そうして涙を流している間にも、局面は移り変わる。

邪神は飽きもせずにコードの詠唱、パトリックが妨害に走るが遅かった。彼も消えた2号に気を取られていたようだ。

「管理者コード発動・当該空間の対象を停止」

私たちの動きが止まる。指の関節一つすら動かせない。

私とパトリックは動けない。少し離れた場所にいるレムンとサノンも同様だろう。この場所にいる存在は誰《だれ》もが停止した。

でも、ここにいないユミエラ2号なら動けるはずだ。その2号は私の中にいる。だから、私は動ける。

「呆気《あっけ》ないものだ。貴様らは、オレの言葉一つでどうとでもなる」

「その言葉一つを言い終えるのに大分苦労してましたけどね」

「なにっ⁉　……そうか、並行世界の同位体と同期して制限を解除したのか。そんな高等技術、どこで覚えた？」

「えっ？　論理的に説明できちゃうんですか？　自分でも滅茶苦茶《めちゃくちゃ》言ってるなあって思ってたんですけど」

2号の力を受け継いで……みたいな感じでテンションを上げただけで、実際は筋肉の力で動けるようになったと思っていた。違うの？

「違う。同位体は既に消滅している。……まさか、全てを擬似的に再現したのか⁉　一部とはいえ疑似世界を展開するなぞ、オレも手こずる所業だぞ⁉」

「……その通りです。私って論理派というか、理知的というか、そういう属性なんで」

邪神の言っていること、いっこも分からん！

カッコつけて分かっている風を装ったけれど、真面目《まじめ》に一つも理解できない。なんか動けた、それで十分。

「少々、貴様を見くびっていたようだ」

邪神はそれだけ言うと、軽く腕を振るった。

危ないと直感した私は、取り落としていた剣を素早く拾い上げ、横薙《よこな》ぎに振るう。

「また見えない攻撃⁉」

「何故《なぜ》防げる⁉」

剣で何かを弾《はじ》いた感触。見えなかったのを勘だけで防いでしまった。私すごい。

剣を薙いだ方向を確認すると、景色《けしき》がズレていた。……うん、ズレているとしか形容できない。風景画を切ってずらしたように、空間が切断されていた。

空間断絶みたいな感じのアレだと思う。追加効果は分からないけれど、よく見るやつだ。私は詳しい。

邪神に好き放題やらせるのはよろしくないな。私はクレーターのふちから中心に駆け下りる。

大穴の底に到達しようかというとき、モヤモヤの人形《ひとがた》は空中へと飛び上がった。

「飛ぶの⁉」

いくつ能力を隠しているんだ。本気になったと彼は言うけれど、今までが出し惜しみすぎだと思う。戦力の逐次投入は悪手だと学校で習わなかったのか。彼が初めから本気だったら、私たちは絶対に負けていたぞ。

空中から私を見下ろす彼は、両手をこちらに突き出す。

何か来るだろうと身構えたことが功を奏した。上からの圧力で押しつぶされそうになる。

重力が増しているんだ。私が膝《ひざ》をつきそうになるって、何倍の重力加速度がかかっているのか。

両足を力強く踏みしめて、陥没していく地面を力一杯に蹴《け》って跳ぶ。

今回ばかりは貧弱な体格に助けられた。でも基本的には重くて大きい方が強いので、体重を三トンにする夢はまだ諦《あきら》めないけれど。

「何故だ⁉　不可逆の力場を固定したのだぞ！」

なにそれ。それは、つまり、重力の親戚《しんせき》ということで相違ないだろうか。クーゲルシュライバーさん、わざと難しく言ってない？

跳び上がった勢いのまま、空に浮かぶ邪神まで真《ま》っ直《す》ぐに。

しかし、上からの負荷は相変わらずだ。段々と失速していき、このままでは邪神の元まで辿《たど》り着《つ》けそうにない。

また地上からやり直しはキツイ。戦闘民族がトレーニングに重力室を使っている理由を身に沁《し》みて感じている。

そのとき、意識外から声を掛けられる。動きを封じられていたはずのパトリックだ。

「ユミエラ！　足場を作る！」

大地が塔のごとく迫《せ》り上がり、私の足元まで到達する。

完全に失速して落下が始まっていた私は塔の頂点に着地。

このまま邪神の所まで連れて行ってもらおうと考えたが、塔は崩壊を始める。何十倍か何百倍かも分からぬ私の重さに耐えられなかったようだ。

また跳ぶしかないか。足元の土塊《つちくれ》を粉砕しつつジャンプ。

「届けえええ！」

何とか届いた。同じ高さになった邪神は、また別な技を繰り出そうとしているが遅い。

邪神クーゲルシュライバー。過去最高の強敵だった。

私だけでなく、パトリックや光と闇の神様、そしてユミエラ2号がいたからこそもぎ取れた勝利だ。

「何故、何故そこまでの力が……」

「これで、終わり！」

ずっと手放さないでいた闇の剣、剪定《せんてい》剣を振り下ろす……と、スルリとすり抜けた。

「……あれ？」

え、これ勝てる流れじゃないの？　レベル上限解放して、邪神に攻撃が当たるようになったんじゃないの？

いくら強くなっても重力には逆らえない。必死に跳び上がった私は、モヤモヤの中に剣を通しただけで落下していく。

落下中、置き土産《みやげ》にブラックホールを当ててみるも効いていなかった。あ、攻撃無効はそのままなのね。もうどうしろと？


地面に衝突する。両足と片手をついて着地。片手が空くので剣を握ったままでも大丈夫。

なるほど、これが三点着地のメリットか。今まではスーパーヒーローっぽくてカッコいいからという理由でやってた。膝に悪いだけ。

例のヒーローよろしく衝撃で地面を陥没させる予定だったが、それほど音も立てずに地面に降り立った。重力増加のデバフは解除されているようだ。

「あー、体が軽い」

「こちらからの攻撃手段が無いのは厳しいな」

横合いからパトリックに声を掛けられる。ちょっとびっくりした。

「さっきはありがとう。いつの間に動けるようになったの？」

「ユミエラが穴を駆け下りて、邪神が宙に浮いた辺りだ。多分、ヤツが力を別に回したせいだな。自力ではない」

邪神の目に、私以外は入っていなかったのかな。彼がパトリックを軽く見ていたせいで、私は空まで跳び上がることが出来た。でも攻撃を無効にされちゃ意味ないか。


本当にどうしよう。悩んでいると、邪神は空から降下して私たちに近づいてくる。

身構えると、彼は両手を上げて言った。

「待て待て、どうせ貴様らがオレを害する手段は無いのだ。少しばかり話がしたい」

「今更、何の用件です？」

「貴様は強すぎる」

「いやあ。それほどでも、あるんですけどね？」

不意打ちで褒められちゃったぜ。敵とはいえ嬉《うれ》しい。

ハッとして確認するとパトリックに冷たい目で見られていた。はい、真面目にやります。

ただお世辞を述べただけではないであろう邪神は、続けて言う。

「貴様は先程までレベル99以下だったはずだ。単一世界の枷《かせ》に縛られていた」

「まあ、レベル99でしたけど」

「そして枷は外れた。しかし、レベル99を超しただけ。並行世界の貴様の魔力を吸ったところで、程度は知れている。その底知れぬ力の源は何だ？　どこから魔力を、経験値を持ってきた？　有益な情報だろう、オレも知りたい」

邪神曰《いわ》く、私は2号の分よりずっと強くなっている。

全く心当たりが……あ、もしかして？

「あー、レベル99になった後、魔物を倒し続けたらどうなりますか？　制限はあるままです」

「……行き場を失った魔力は、法則の齟齬《そご》を防ぐため一時的に仮想空間に行くはずだ」

「その後、レベル上限が解放されたら？」

「齟齬は無くなる。魔力はあるべき場所に、その者に還元され……まさか貴様⁉」

あー、当たりか。出来れば知りたくなかったな。

私は幼少期の約十年間をレベル上げに費やしてきた。初めはみるみるうちに強くなったものの、あるときから成長を感じられなくなっていたのだ。確か……七歳くらいかな？

パトリックの成長速度を見て、嫌な予感はしていたけれど……。

たった今、確信した。私は大量の経験値を溢《あふ》れさせていた。下手《へた》したら、十回以上レベル1から99になれるくらい。

昔の私、よくやった！　間抜けすぎるけど、今の私が邪神と渡り合えているのは、その間抜けのお陰だ。

別に知られたところでデメリットは無い。邪神には正直に話してしまおう。

「それですね。私が強いのは、レベル99以来ずっと溢れさせていた経験値の分です」

「何故《なぜ》だ？」

「えっ？　今言った通りですよ」

「何故、そんな馬鹿げた真似《まね》をしていた？」

「……この事態を見越して」

まあね、完全無欠の馬鹿だよね。虚勢を張ってはみたものの心的ダメージはすごい。落ち込んでいる場合じゃない、気を取り直そう。


私が相当強化された理由は分かったけれど、邪神に攻撃が通らないのは変わらない。もうアレを使うしか道は無い。

「パトリック、ちょっと離れてて。これ使うから」

「彼女から聞いていたのか？　待て、間違いなく罠《わな》だ」

剪定剣を両手で持つ。

光を吸い込むような黒い剣。それの本当の銘は、真の力を引き出す鍵《かぎ》でもある。

邪神は私に銘を言わせようとしていた。２号に銘を教えたのも彼。間違いなく罠がある。

でも、これしか残されていないじゃないか。今はもういない彼女の遺言なんだから、罠だとしても後悔しない。

ユミエラ2号の最期の言葉。忘れるはずがない。世界を切り取る鋏《はさみ》、剪定剣には相応《ふさわ》しくない、その銘は――

「――イキテミナ」


小さく呟《つぶや》いた私の言葉を、邪神は聞き逃さなかった。彼は高笑いして言う。

「ははっ、まんまと掛かったな馬鹿め。剪定剣は、この世界の人間を飲み込んで完成した剣！　貴様も人間。頼みの綱である剪定剣の力に、飲み込まれてしまえ！」

剣の縁起が悪すぎる。しかし、飲み込まれる気配は一切ない。

ただ周囲が暗くなった。夕方並みだ。辺りを見回すも、太陽が雲で隠れたわけでもないし、薄暗闇の原因が分からない。

すると、後ろから悲鳴が。振り返れば、宙に浮き上がっているサノンが騒いでいた。レムンの髪を掴《つか》み、何とか飛ばされずにいる。

「なに遊んでるんですか！」

「こ、これが遊んでいるように見えますか！」

「痛い痛い、どうして掴むのが髪なのさ！　……お姉さん！　その剣は、光を闇に変換してエネルギーを得ているんだ！」

光を闇に変換。それで暗くなったのか。そしてサノンはこの剣に吸い込まれそうになっていると。

暗くなって危ないと思ったけれど、ちゃんと力を発揮しているみたい。驚いた。それ以上に驚いているのは邪神のようだ。

「何故だ。人間を飲み込む性質は変わっていないはず。鍵の言葉を知っていて、この世界の人間でない、つまりオレしか扱えないはずだ」

パスワードと生体認証の二重ロックだったのか。生体認証のみでは起動せず、パスワードのみでは飲み込まれてしまう。

あ、生体認証と呼ぶのは適切じゃないかな。魂は生体じゃないもんね。

「私はどちらの条件も満たしますよ？」

「嘘《うそ》だ！　貴様は人間だろう!?」

「言っていましたよね？　この世界の人間以外なら使えるって」

「貴様、まさか、あの魂は——」


邪神は宙へと浮かび上がる。そのモザイクのような姿は、怒りの感情を反映したように不規則に揺らいでいた。

空へ逃げるのは、剪定剣を怖がっている証《あかし》だ。

武器は手に入れた。では決着をつけよう。

「パトリック！」

「ああ」

名前を呼んだだけで通じた。彼の魔法で地面が迫り上がる。

今度は崩れない。しっかりとした足場が出来る。

万全の態勢で空に逃げる邪神に追いついた。

私は剪定剣イキテミナを下段に構える。また一段、周囲が暗くなった。

「剪定剣！」

「やはりあったか！　上位の世界！」

イキテミナを強く握りしめた。応《こた》えるように莫大《ばくだい》な魔力が溢れ出す。

「イキ……」

「上から眺めてさぞいい気分だっただろう！　何としてでも征服してみせる！　何としても――」

下段からの斬り上げ。剣術もない力任せの一振り。

「……テミナ！」

剣戟《けんげき》が直撃した瞬間、世界は闇に包まれた。

私の視力をもってしても何も見えない本当の闇。有り余り、溢れる、剪定剣イキテミナの魔力だけが感じられる。

闇が晴れたとき、そこには誰《だれ》もいなかった。

◆　◆　◆

「……これで、終わり？」

　パトリック製の足場を降りて言う。

　剪定剣イキテミナの力により、邪神クーゲルシュライバーは消え去った。

　変な名前の邪神だけど強かった。……命名したの私か。

　私が元いた世界すら毒牙《どくが》にかけようとした邪悪な神に打ち勝った。でも素直に喜べないでいると、陽気な声が。レムンは嬉しそうに言う。

「やったね、お姉さん！　ヤツを倒せるなんて！」

「……どうも」

「あれ？　喜ばないの？」

　喜べない理由を私に説明させる気か？　この神様もこの神様で邪悪だと思う。

　もう片方、光の神サノンは素っ気ない態度だ。

「では、ワタシはこれで。ユミエラ・ドルクネス、邪神討伐お見事でした。関わった全《すべ》ての人間に感謝を」

　サノンはそれだけ言うと、光に包まれて消えてしまう。

　相変わらずツンとした態度だ。でも多分、彼女はユミエラ2号のことをずっと忘れないでいてくれる気がした。

並行世界の私、ユミエラ2号は死んでしまった。私を強化するため自らブラックホールの中に飛び込んだのだ。

彼女は宣言通り、邪神を道連れにしてのけた。剪定剣《せんていけん》の銘を言い遺したことといい、今回一番活躍したのは彼女に違いない。

全方位に悪態をつき、世界の全てを嫌っていそうな態度。でも根は悪人ではなくて、世界を滅ぼしたことは後悔していて、そんな彼女は嫌いだけど嫌いになれなかった。

きっとパトリックも似たような気持ちだろう。私も彼も、何を喋《しゃべ》れば良いのか分からず無言の時間が続く。

少しして、パトリックがポツリと言った。

「風呂場《ふろば》に髪は………残ってないだろうな」

「髪?」

お墓に入れる遺品の話?　私が聞き返すと彼は答える。

「エリクサーで生き返らせるには体の一部が必要だろう?　俺たちの髪は保管してあるが、彼女のは……」

「あっ!」

私としたことがうっかりしていた。エリクサーの存在を完全に忘れていた。

「エリクサーだ！　レムン君、エリクサーを全部出して！」

「へ？　体の一部が無いと蘇生《そせい》は無理だよ？　……というか、並行世界のお姉さんは蘇生しなくて良くない？」

「四の五の言わずに出しなさい」

「う、うん」

畜生野郎な少年から空っぽの小瓶を四つ受け取る。

私とパトリックが持っている物と合わせて全部で六つ。カップの修復に一つ使ってしまったことが、今は悔やまれる。

ポケットから私の分も取り出す。小さな小瓶は無事だった。材質何なんだ？

「パトリックが持ってるのも出して」

「……ユミエラ、体の一部が無ければ使えないんだ。彼女は、生き返らないんだ」

「いや、2号を生き返らせたりはしないよ？」

「ん？」

悲痛な面持ちだったパトリックが怪訝《けげん》な顔付きに変わる。

説明不足だったか。

「2号を蘇生しても困るだけでしょ？　嫌いだから一緒に住みたくないし、余所《よそ》で悪いことされて私に悪評が立っても困るし」

「ユミエラ？　お前、自分が何を言っているのか……」

彼の言葉はそこで途切れてしまった。ああ、絶対に勘違いしているけど、説明する時間が惜しい。

黙り込んだパトリックの代わりとばかりに、レムンが口を挟んでくる。

「そうだよね！　一つの世界に二人のお姉さんがいるなんて、おかしいもんね」

「レムン君は黙ってて。それじゃあ、ちょっと移動しようか」

目的地はすぐ近く。ドルクネスの街を出た所にある草原だ。そこは、ユミエラ2号と初めて出会った場所でもある。

逸《はや》る気持ちを抑えきれずに走って移動する。パトリックは口を閉ざしたままだがついて来てくれた。レムンはしれっと私の影に入っている。


そして到着。

つい昨日《きのう》のことなので、場所もしっかりと覚えている。

「確か、ここだったよね」

「ユミエラは一体なにを？」

説明は向こうに行ってからの方が良さそうだ。

私は漆黒の剣を鞘《さや》から抜き、真の力を解放する。

「剪定剣イキテミナ」

これが駄目なら、私の計画は頓挫《とんざ》する。頼むぞ剪定剣。

ユミエラ2号が出てきた次元の歪《ゆが》み。それがあった場所を剣でなぞるように斬る。

「やった！　やっぱり勘でいけた！」

「え？　世界の外への扉⁉　お姉さん、何やってるの⁉」

私たちの前には空間の捻《ねじ》れが出現していた。2号のと同じ。通じている先は言わずもがなだろう。

「じゃあ行こうか。向こうで説明するね」


次元の歪みに飛び込む。躊躇《ちゅうちょ》なんてしない。

グワングワンと、頭が揺らされているような感覚に陥り、目を瞑《つぶ》ってしまう。


揺れはすぐに収まり、目を開けると景色《けしき》が一変していた。

すぐに後ろからパトリックが現れた。彼は周囲を見回して言う。

「ここは……王城か？」

「そうだね、王城のバルコニーみたい」

私たちが今いる場所は、バルシャイン王都を一望できる王城のバルコニーだ。

見慣れた王都のはずなのに、気がつくのに若干時間がかかった。何故《なぜ》なら、私たちの知る王都とは似ても似つかない光景だからだ。

人で溢《あふ》れかえっていたはずの大通りは人の気配が感じられず、隙間《すきま》なかった城壁はあちこちが崩壊していた。建築物の被害もあちらこちらで見られる。

私が比較的平和だった学園での三年目を過ごしている間、2号は邪神に唆《そそのか》されてレベル上げをしていた。私が領主としてドルクネス領に戻った頃《ころ》、2号は破壊の限りを尽くしていた。

これが、この光景が、彼女の残した結果か。

そこそこ楽しい人生を送ってきた私に、彼女を責める資格は無い気がした。

「2号は派手にやったねえ……やったのは魔物かな？」

「こんな……分かっているつもりだったが、彼女がこんなことをしたなんて」

この王都は、私たちが知る王都ではない。ここは2号の王都。ここは彼女の世界だ。

私からすれば並行世界。便宜上、2号世界と呼ぼう。

滅んだ世界を、目に焼き付けるように見入りながら、パトリックは言う。

「なるほど。この世界ならば、彼女の頭髪も見つかるはずだ」

「だから、2号は蘇生させないってば。生き返らせて、この世界で一人で生きてねって言うのは残酷すぎるでしょ？」

「ならばユミエラは、何を始めるつもりなんだ？」

舞台は整った。説明しよう。私の計画を。

「パトリックは、エリクサーって何だと思う？」

「蘇生薬……ではないのか？」

「割れたカップにも使えたでしょ？　カップが蘇生した……と言えなくもないだろうけど、中身の熱い紅茶まで復活したのはおかしい」

蘇生薬という印象深い言葉で目が曇っていた。思い至ったのはカップの件だ。

「ユミエラは何だと思っているんだ？」

「それはね、タイムふろしき」

「タイ……ん？」

あれ？　反応が薄い。な、なんだってーみたいなリアクションを期待していたのに。

ひみつ道具の喩《たと》えは適切じゃなかったか。では改めて――

「エリクサーは、対象の時間を巻き戻す効果があるの」

「巻き戻し？」

「死者が生者に。割れたカップは直り、中の紅茶も復活。今日は昨日になる」

「それで、何を？」

まだ分からないのか。案外パトリックも察しが悪い。相当に掟《おきて》破りの、下手《へた》したら死者蘇生以上に倫理に反する手なので、常識を守る彼は思い至らないのかもしれない。

私の計画に、パトリックは賛同してくれるだろうか。してくれると嬉《うれ》しいな。

「……世界の時間を巻き戻すの！」

エリクサーで世界を蘇生させよう！

タイムふろしきで世界を丸々包み込もう！

ユミエラ2号が世界を滅ぼす前にしてしまえ！

彼女も、彼女が殺した人々も、皆が生き返る！


「やっぱり……駄目かな？」

パトリックがポカンと私を見つめている。

やはり禁じ手だよなあ。でもやる。彼が反対しても、彼に嫌われようと、絶対にやってみせる。

パトリックが反応する前に、私の影から応答がきた。

「駄目だよ！　絶対に駄目！　滅茶苦茶だよ、世界の時間を巻き戻すなんて！　世界の法則が崩れて、どんな悪影響があるか分からない！　ほら、お兄さんも止めてよ！」

レムン君には聞いてない。

彼に促されたパトリックも遅れて口を開く。駄目っぽいなあ。

「俺は……ユミエラのそういうところを好きになったんだ。常識外れだが間違ったことはしない。理解されにくいが、とにかく優しい」

「反対、しないの？」

「俺が反対しても強行するつもりだろう？」

「え、うん、そのつもり」

「最高だ。決してブレない強い心を持っている。愛しているぞ、ユミエラ」

突然告白された。頭が真っ白。

レムンが騒いでいるが耳に入らない。

そうか、余計にやる気が出てきた。やろう。世界を巻き戻そう。

「よしっ、始めようか」


六つのエリクサーをポケットから取り出す。

小さな小瓶を、片手に三本ずつ、指の間に挟む。

レムンはエリクサーの蘇生対象が大きく複雑になるほど、多くの魔力が必要だと言っていた。昨日《きのう》までとは比べられないほどに増大した今の私の魔力なら、世界を一つ生き返らせるくらいきっとできる。

私は六つのエリクサーに、これでもかと魔力を注ぎ込む。

「対象は世界全体！　この星も宇宙も！　全《すべ》ての時間よ！　巻き戻れ！」

エリクサーはまばゆい光を放つ。両手を直視できない光量だ。

戻れ、戻れ、戻れ。必死に魔力を注ぎ続ける。私が干からびてもいい。今はとにかく魔力をぶち込め。

変化はすぐに訪れた。

空を見上げると、太陽が猛スピードで動いている。方向は西から東。世界の全てが逆行している。

「戻れ、戻れ、戻れ」

「いいぞ！　行けユミエラ！」

今の速さでは世界滅亡前まで行けないかもしれない。

更に速く。戻れ、戻れ。戻れ世界。世界よ巻き戻れ。

世界の巻き戻し現象は加速する。太陽は目で追えないほどの速さに。昼と夜が瞬時に繰り返されて、空が点滅しているようだ。

右手の人差し指と中指の間、エリクサーの一つが粉々に砕け散る。限界か。

そして立て続けに、二個三個と手元の小瓶は割れていった。

「まだ！　もっと！　戻れえええ！」

エリクサーだけでなく、私の方も限界に近い。

こんなに魔力を使ったのは生まれて初めてだ。ブラックホールを何千、何万と撃てるほどの魔力を消費した。世界をいくつ滅ぼせるかも想像できない魔力を使って、ユミエラ2号の世界を再生する。

最後のエリクサーが砕け散ったと同時、世界の逆行が終わる。

一秒経《た》てば、一秒過ぎる、当たり前の時間の流れに戻ったのだ。

息も絶えになりつつ、成果を確認する。

「はあ、はあ……間に合った？」

「ああ、見てみろ」

パトリックが指を差す、王都の光景を見つめる。

人の往来が絶えない大通り。荘厳で巨大な教会。堅牢《けんろう》で隙間ない城壁。活気の溢れる、私の知る街並みが、そこにはあった。

良かった。成功だ。


「太陽の昇り沈みは、大体三百回だった。約一年の時間を巻き戻したんだ。頑張ったなユミエラ」

ホッとして体の力が抜けてしまう。立っているのも辛《つら》い。

ふらついて倒れそうになるも、パトリックが抱きとめてくれた。

「まだ、まだ終わりじゃないの。2号に会わないと」

今は多分、アリシアたちの魔王討伐が終わって少し経ったくらい。2号は世界の全てを憎み恨み、滅ぼさんとしている頃だ。それを止めなければ私の目的は達成されない。

得意の力技は使えない。本人が納得しなければ、世界を滅ぼしても後悔が残るだけだと、案外世界は良いものだと、彼女の心に伝えなければ。

私に彼女の心を動かすことはできるだろうか。どんな言葉を選べば、想《おも》いは伝わるだろうか。

ユミエラ2号はどこだ。探しに行かないと。

歩き出そうとするも足元すらおぼつかず、また彼に抱きとめられる。

「真っ昼間に、こんな場所で、何をしているのかしら？」

この声は！　視線を動かすと私がいた。学園の制服を着たユミエラ・ドルクネス。彼女が過去のユミエラ2号だ。

「あ、えっと」

「あら？　私？　でも私にしては弱りきってるわね。雑魚《ざこ》な私は私じゃないわ」

「あん？　胸を貸してくれる恋人もいない寂しい私は私じゃないですー」

売り言葉に買い言葉で煽《あお》り合いになったけれど、初対面のはずの彼女がどうして喧嘩腰《けんかごし》なの？

不思議に思っていると、2号は睨《にら》んでいた目を逸らして言う。

「あー、まあ、お礼は言っておくわ。ありがとうね」

彼女は恥ずかしげに視線を彷徨《さまよ》わせながら続けた。

「今度は上手《うま》くやるわよ」

「もしかして……記憶が？」

彼女は間違いなく「今度は」と言った。この世界が巻き戻された世界だと知っている。理由は不明だが、ユミエラ2号には私と出会った記憶がある。

良かった。罵倒《ばとう》し合った記憶も、馬乗りになって殴り合った記憶も……碌《ろく》な思い出が無いけれど、全部覚えているんだ。

感極まって何も言えずにいると、2号は語気を荒らげる。

「なんて顔してるのよ！　見てなさい！　私は、アンタよりも強くなって、アンタよりも社会的に高い地位に立って、アンタより素敵な恋人を見つけるわ」

「恋人は無理じゃないかな」

「はあ？　私もその気になれば、婚約者の一人や二人、すぐに見つかるわよ」

「パトリックより素敵な人はいないって意味で言ったんだけど……そう受け取るってことは、モテないことを自覚していらっしゃる？」

「なっ！　……ソイツだって大した男じゃないじゃない。どこを見ても普通の域を出ない感じ？　つまらない男よね」

「よし、喧嘩！」

殴り合いで格の違いを思い知らせてやるぜ。

勇んでユミエラ2号に飛びかかろうとしたものの、後ろから肩を抱かれて引き止められる。

「止めないで！　パトリックが悪く言われてるのよ！」

「どうして毎回こうなる。今は仲良く出来ないのか」

できるわけない。だって2号大嫌いだし。

彼の腕から逃れようと暴れるが、力が入らずに中々抜け出せない。どうしたパワーアップした私。

まずはパトリックから片付けるか。その後に2号。パトリックの名誉を守るためだ、仕方あるま

い。

　そんな私たちを尻目《しりめ》に、ユミエラ2号はバルコニーから身を乗り出して下を見ている。

「ここがどこか忘れたの？　さっさと帰ってよね、ここでアンタが悪さしたら私のせいにされるんだから」

「あっ！　逃げる気⁉」

「元気でね、ユミエラ1号」

　ユミエラ2号はそう言って、バルコニーから飛び降りた。

　ここがどこかだって？　王城のバルコニーに決まっているじゃないか。彼女がここから私の世界に渡ったせいで、こんな所に来ているのだ。

　あ、こんな長時間騒いでいたら誰かに見つかるじゃん。

　この場所の危険性に気がついた直後、城内から怒声がした。

「そこにいるのは何者だ！」

「まずい、帰るぞ」

　パトリックに抱えられて、次元の歪《ゆが》みに飛び込む。

　こうして、世界と一人の少女を救った私たちは、元の世界に帰還したのだった。

エピローグ

ユミエラ2号やら邪神やらの騒ぎから一週間。

しばらく体調の優れなかった私も、ようやく本調子に戻ってきたところだった。

あれ以来こちらは平和そのものだ。今日も元気《げんき》溌剌《はつらつ》なエレノーラが私の部屋に飛び込んできた。

「ユミエラさん、これお土産ですわ！　クマさんのパン！」

「ありがとうございます。……どこから持ってきたんですか？」

「教会で子供たちを集めてパンを焼く催しがありましたの。教会の先生に誘われて、お手伝いをしてきましたわ」

「……参加側ではなく？」

「運営側ですわ！」

真偽の程はさておき、彼女は街の教会に頻繁に顔を出している。

ちなみに私は行ったことがない。領主として、エレノーラが先生と呼ぶ神官さんと会ったことはあるが、場所はこの屋敷だった。

先生と呼び親しまれているだけあって、その神官さんは本当にいい人だ。でも教会はなあ……。

いつか行かねばと思いつつも、何かと理由をつけて先延ばしを続け今に至る。

エレノーラは私の家族みたいな状態だし、彼女が政治と宗教の橋渡し役になってくれるのはありがたい。

ここは、最大限に労《ねぎら》うべきだろう。エレノーラちゃんえらい！

「お疲れ様です。色々大変でしたよね」

「全然平気ですわ！　最初のちょっとを手伝っただけで、後は何もしていませんもの！」

「……具体的に何をしたんですか？」

「わたくし、材料を量る係でしたの！　先生が王立学園を卒業したエレノーラさんなら計算も容易《たやす》いだろうって」

先生は王立学園に夢を見すぎかもしれない。あそこは貴族が強制的に行かされる、将来のための人脈を作る場所だ。学者になりたい人は学者に弟子入りするのが普通だし。

まあ、パンのレシピを見て、分量を計算するくらいなら大多数の生徒ができるか。

少数派のお嬢さんはハイテンションに話を続ける。

「でもカイ君が……あ、カイ君というのは年長の男の子ですわ。カイ君は、お姫様は仕事をする必要がないから俺が代わると」

「カイ君よくやった」

「騎士らしく振る舞おうとする少年の申し出を無下に断ることは、できませんでしたわ」

「なるほど、それで後半は手持ち無沙汰《ぶさた》だったと」

「わたくし、カイ君にお姫様みたいって言われちゃいましたわ」

そりゃあね。お姫様だよね。前より簡素なものとはいえ、そんなドレスは貴族しか着ないし。

あと、カイ君の言うお姫様には皮肉が混じっている気がするけれど……。現場を目撃したわけではないので何も言うまい。

相変わらずのエレノーラを見て安心した。サノンが彼女を気にかける理由もよく分かる。

エレノーラちゃんに癒やされるのもそこそこに、溜《た》まった仕事を片付けないと。

屋敷の廊下を歩いていて、視界の端に入った影がどうも気になった。庭の木で出来た影が、窓から屋内まで伸びている。

「んー？」

何となしに手を突っ込んでみると、影の中に入った。

水面のように影が揺れる。影の中も水中のような感触だ。

「あ、見つけた」

お目当てを探り当てたので、掴《つか》んで引き上げる。

影から出てきたのは黒髪の少年。足首を掴まれて逆さまになっている。あ、手首だと思ってた。ごめん。

「はあ……ボクだけの領域だったのに。どうしてお姉さんは勘で無茶なことをしちゃうのかなあ」

「今度は何の悪だくみですか？　レムン君」

「酷《ひど》い！　ボクが悪だくみなんて、したことあった⁉」

「そりゃあ……あれ？」

言われてみると無いかも。腹黒畜生のイメージが強すぎて誤解していた。

彼は鬼の首を取ったような顔で笑う。いや、普通に不法侵入だからね。床に雑に下ろしつつ、気にかかっていたことを聞いてみる。

「こっちに帰っていたんですね。2号の世界に置き去りにしちゃったのはごめんなさい」

「大丈夫だよ。時間が巻き戻ってからはお姉さんの影に潜んでいたから」

「人の影に勝手に入らないでくださいね。まあ、今度からは隠れていても対処できますけど」

「影はボクの領土だから、どの影にいようと文句を言われたくはないよ」

「……知っていますか？　領土って戦争で勝ったらぶん取れるんですよ？」

「ゴメンナサイ、お姉さんの近辺は配慮するね」

今までは誰《だれ》にも察知されなかったということは、レムン君は人のプライベートを覗《のぞ》き放題だったということ。

彼は覗きの神だったのか。私のお風呂《ふろ》シーンも覗かれていたかもしれない。この変態。

「え？　え？　配慮するって言ったよね？　どうして蔑《さげす》んだ目で見るの？」

「……それはともかく、レムン君は並行世界の自分と連絡が取れるんですよね？」

「そうだけど……どうして？」

「向こうで2号が元気にやっているか気になってて」

ユミエラ2号はあの後、どんな行動を起こしたのか知りたい。

向こうの時間は魔王戦の後、学園三年目の中盤辺りかな。学園を卒業するつもりなのか、はたまた新天地に旅立とうとしているのか。

でもまだ一週間だからな。さしたる変化は無いかもしれない。

「あー、向こうね。色々大変みたいだね」

「大変？　まだ一週間ですよ？」

「……あっ」

レムンはあからさまに、しまったという顔をする。

この短期間にどんな事件が発生したのか。彼の言う「大変」なのはユミエラ2号か世界全体か。この闇の神様の性質的に後者な気がする。

「やっぱり様子を見に行った方が……」

「違う違う！　無闇矢鱈《むやみやたら》と、次元を歪めないでよ！」

「でも事件は発生したんでしょう？」

「この短期間に事件があったわけじゃないよ。並行世界同士の時間は均一になろうとする力が働くんだ。相対的に向こうは早く、こっちはゆっくりと時間が流れて……もうほぼ同じ時間軸かな」

2号世界で戻した時間は約一年。それが元に戻っているということは……向こうではもう一年経過しているのか。

落ち着くようにと、私を手で制しながらレムンは言う。

「だから、向こうはもう落ち着いているんだ。お姉さんが行く必要は無いよ？　ね？」

「一年経《た》っているなら2号が何をしているか見に行きたいです」

今度は上手《うま》くやると2号が言って一年。彼女はどこで誰と何をしているのだろうか。


別に心配だからとか、そういうんじゃなくって……そう、からかいに行くのだ。ちょっかいをかけて笑いに行くのだ。


善、ではないな。悪も急げ。今すぐ出発だ。

「いくらお姉さんが並行世界に行きたくても無理だよ。剪定剣《せんてい》はボクが預かっているんだから」

「返すつもりは……無いみたいですね」

剪定剣イキテミナは、そこら辺にぶん投げといては駄目な代物だった。管理する自信の無い私は、またレムンに預けることにしたのだった。

私用では絶対に返してくれないけれど、世界規模の危機となれば必ず彼は剪定剣を持ってきてくれる。腹黒だけど、そこだけは信頼していた。

アレが無いと並行世界への扉を開くことができない。剣なしでは無理だよね。無理かな？

代用品があればいいけど。世界を切り取りし神の剪定バサミに代わるもの……私の素手とか？

ワンチャン、素手でできない？

「……出来たわ」

「お姉さんの体ってどうなってるの？」

目の前の何もない場所をこじ開けるように両手を動かすと、次元の歪みが発生した。

やっぱり、困ったときは腕力だけでどうとでもなるんだな。

屋敷の中で作っちゃったのは少し失敗。こんなの彼に見つかったら、と都合の悪いタイミングで現れるのがパトリックだ。

「どうして家の中にソレがあるんだ」

「向こうはもう一年経ってるんだって！　2号の様子を見に行こう」

こういうときは勢いで押し切るに限る。思惑を理解した上で受け止めてくれるのがパトリックのいいところ。

どうせ彼も、2号の近況について気が気じゃないのだ。絶対に乗ってくるね。

「……彼女には彼女の生活があるだろう。あまり俺たちが介入するのも良くないんじゃないか？」

「えっ？　行かないの？　喫茶店を開いたのに誰も来なくて、しょんぼりしている2号を笑えるかもしれないんだよ⁉」

「どうして素直になれないんだ？」

「素直？　何のこと？　私は2号をあざ笑いたいだけなんですけど」

素人《しろうと》が突然喫茶店を開いたところで、経営が上手くいくはずがない。あー、意外と普通な2号ちゃんはお洒落《しゃれ》な喫茶店のオーナーとかになりたがりそう。素人の店に、素人の私がダメ出しをしてやろう。

当然、ついて来てくれると思ったパトリックは首を横に振った。

「また喧嘩《けんか》になるだろうから行かない方がいいな。心配なのは分かるが彼女なりの人生計画があるだろう」

「……止めても行くよ。そういう、ブレない強い心が好きだって言ったのはあなただからね」

「ああ、言わなきゃ良かった」

パトリックは嘆きつつも一緒に来てくれることになった。そうやって甘やかすから私が調子に乗るんだぞ。


着の身着のまま次元の歪《ゆが》みに飛び込んで2号世界に移動する。

見慣れた景色《けしき》だろうと、ここは別の世界。油断しては……あれ？

「ここどこ？」

「知らない場所だな」

そうだった。同じ世界地図の並行世界なのに、移動すると場所は変わるのだった。

ドルクネスの街近くにある草原で扉を開いて、王城のテラスに繋《つな》がった。家の中から移動して辿《たど》り着《つ》いたここは……どこだろう？

開けた屋外。見える範囲に建築物は無い。

幸いなことに、整備された道に馬車の轍《わだち》を発見した。どこかの街道だろう。

「道沿いに歩いてみるしかないかな？」

「しばらく歩けば人の住む場所に辿り着くだろう」


私たちは並んで街道沿いを歩く。

道の感じを見るに、そこそこ往来は多そうだ。しかし、人と出会うことはなかった。

人がいない？　まさか、ユミエラ2号はまた同じ過ちを……。

「お、荷馬車が来たぞ」

……普通に人いたわ。

二度も世界滅亡を願うくらいに失敗するほど、2号も不器用じゃないよね。せいぜい喫茶店が倒産して、借金返済のためにダンジョン通いの日々を送っているとか、それくらいだろう。


彼女は別れ際に言った。強さ、社会的地位、恋人において私に勝つと。

どれも無理だと思うけどな。レベル上限の無くなった私より強くなれるはずないし、私はこれでも女伯爵だし、恋人はパトリックだし。

荷馬車が近づいてきた。行商のおじさんが一人、のんびりと手綱《たづな》を握っているのが見える。

平和そうで良かった。彼から2号の情報を……いや、その前にここがどこかを聞かないと。

行商さんは、荷物を持たずに街道の真ん中にいる私たちを不審そうに見たものの、すぐに笑顔を作って馬を止める。

「こんにちは、こんな所でどうしたんだい？」

「あー、ちょっと訳ありで……」

「ここを真っ直《ま》ぐ《す》行けばリースダミアだよ。あそこなら二人で住む場所も、彼の仕事も見つかるはずだ」

「……仕事？」

「まあ、何だ、大変だろうけど頑張って。支え合えば新天地でも大丈夫さ。リースダミアなら君たちを引き離そうとする大人もいないしね」

これ、駆け落ちだと思われてない？

旅装もなしに街道を黙々と歩く若い男女。確かに愛の逃避行っぽい。私もそう思う。

まあ、行商さんの勘違いは都合がいい。話を合わせて色々と聞いてみよう。

彼が言ったリースダミアという地名は聞き覚えがある。ドルクネス領からは離れているものの、バルシャイン王国の地方都市だ。そこそこ大きな伯爵領だったような。

自信が無いし、別な国の同じ地名かもしれない。無知を装って確かめてみよう。

「お気遣いいただきありがとうございます。一つ聞きたいのですが、リースダミアもバルシャイン王国の街で間違いないですよね？」

「ははは、当たり前だろう。バルシャイン王国の……あ、違う。バルシャイン王国ではなくなったんだった」

王国領ではなくなった？　リースダミアは国境線沿いの領ではないはずだぞ。国を分ける線がそんなに移動するなんて、この世界は乱世になっているのか？

一気に気持ちが張り詰める。パトリックからも緊張している気配が感じられた。


して、どこの国になったんだ？　彼は人の良さそうな笑みを浮かべて続けた。

「同じようなものだがね。神聖ドルクネス帝国、バルシャイン州のリースダミアだ」

「神聖……ドルクネス……帝国？」

「おや？　大陸を駆け巡った世紀のニュースを知らないのかい？」

「……すみません、世情には疎《うと》くて」

え？　え？　え？


混乱する私たちを置き去りにして、行商さんは芝居がかった仕草で語る。

「栄えある、ユミエラ・ドルクネス唯一皇帝陛下は前人未到の偉業を成し遂げられた！　この大陸にある五つの大国と数多《あまた》の小国、その全《すべ》てを支配下に置かれたのだ！　過去の為政者たちが切望した、大陸統一国家の誕生である！」

すっごーい！　なにそれー！　なにそれー！

……もう思考が追いつかない。私たちのポカンとした反応を受けて、彼は恥ずかしげに頬《ほお》をかく。

「っていうの、聞いたことない？　少し前までどこでも聞いたんだけど」

「…………初めて聞きました。その……ユミエラという方が、皇帝になったんですよね？」

「その通り。あ、もしかして君たちの故郷の人は皇帝陛下の容姿を知らなかったんじゃないのかい？　ドルクネス皇帝はお嬢さんと同じ、黒い髪の持ち主なんだ。性別も歳《とし》も同じくらいかな？　その、もし、髪色を理由に交際を反対されていたのだとしたら……」

「へ、へー……陛下の髪も黒いのですね。ちょっと考えてみます」

同姓同名の別人説を立てる前に崩された。絶対に2号じゃん。何やってんの!?

それで、その……神聖ドルクネス帝国とやらはどんな国なのだろうか。2号ちゃん、恐怖政治とかやってない？　強制労働させて巨大な墳墓を作らせたりしてない？　膝《ひざ》の横辺りを刺されちゃうぞ。


それとなく情勢を聞いてみる。

「帝国ができて、色々と変わりましたよね？」

「うーん……僕の周りはそこまで変わらないかなあ……。実質的に政治をしているのは旧バルシャイン王家だし」

「ああ、前の王様たちはご健勝でしたか」

「変わったのは各国の国境線沿いかな。今までの気分で下手《へた》に戦争なんて始めようものなら、皇帝陛下に目を付けられるからね。あ、同じ帝国だから、戦争じゃなくて紛争って言うのかな？　昔の国境を越えた往来が増えて、そっちの方は景気がいいらしい」

前に本で読んだ話。バルシャイン王国において領同士の紛争は過激化しづらいらしい。何故《なぜ》なら余り派手に地方貴族同士がやり合うと、王家が介入して、両者にペナルティが科せられるからだ。王家の持つ中央軍が大きな戦力を持っているからこそ出来ること。

ユミエラ2号は、それを大陸規模でやってのけたのだ。多分、身一つの戦力だけで。

民には好かれれど、各国の王や貴族たちには恨まれるだろう。この世の全ての支配欲と、彼女は死ぬまで戦うことになる。

一人で帝国のシステム全てを担っている。それはもう、人間ではなく機関に近い。

今、彼女は本当に幸せなのか？　寂しい皇帝が支配する帝国ならば、私が滅ぼしてやる。

まずは2号に会いに行こう。その前に、彼女個人の評判を聞いてみる。

「帝国はすごいですね。皇帝陛下はどんな方なのでしょう」

「最近の話題だと、そうだな……恋人オーディションかな？」

「……はい？」

「皇帝陛下が大々的に恋人を募集しているんだ。大陸中の美男を集めて、その中から夫を選ぶらしい。ああ、おじさんも陛下の旦那《だんな》になって、楽して暮らしたい」

……あー、2号ちゃんはアレだ。ただ好き放題しているだけだ。権力を手に入れて欲望の限りを尽くしているだけだ。馬鹿！　もう知らない！

その後、お礼を述べて行商さんと別れる。少し会話しただけなのに、すごい疲れた。世界を巻き戻したとき以上に疲れた気がする。

小さくなっていく荷馬車を、呆然《ぼうぜん》と突っ立って眺める。


自分の考えをまとめるのに精一杯で気づかなかったが、パトリックが一言も喋《しゃべ》ってないな。多分、私よりも色々と考えて、私以上に気疲れしてるんだろうな。

はあ、そうか、神聖ドルクネス帝国か。

「……どこらへんが神聖なんだろうね？」

「まず気になるところはそこか？」

「もっと色々あるけどさあ……」

2号のやつ、とんでもないことをしでかしてくれた。

もう彼女と会う元気も無い。まずは一旦《いったん》帰ろう。帰って眠って、出来ることなら忘れたい。

無言の時間が続き、どちらともなしに、もと来た方向に歩き出す。

「……帰ろうか」

「ああ」

しかしまあ、ユミエラ2号がしっかりとやっているようで何よりだ。

……何よりなのか？

あとがき

お久しぶりです、七夕《たなばた》さとりです。前巻に引き続き本作を手にとってくださり、誠にありがとうございます。

『悪役令嬢レベル99～私は裏ボスですが魔王ではありません～』というタイトルでやっていますが、悪役令嬢要素はどこへやら。異論のある方もいらっしゃるかもしれませんが、1巻は間違いなく悪役令嬢モノでした。2巻で怪しく、この3巻ではもう……。しかも今回はレベル99ですらなくなりましたし、魔王疑惑も出てませんし……。『～私は裏ボスです～』に改題しましょう。

タイトルのついでにペンネームも「書くの遅すぎ太郎」とかに改名しようか思案中です。

表紙はWユミエラです。仲が悪いのに相棒っぽさがある二人を描いてくださったTｅａ先生、本当にありがとうございます。パトリックやエレノーラも活き活きとしていて最高です。

コミカライズも『B's-LOG COMICS』などで好評連載中です。絵が綺麗《きれい》で、話のテンポも良くて、高品質すぎる漫画です。毎月が楽しみで仕方ありません。のこみ先生に感謝です。

最後に。二人の編集様、イラストレーターのTｅａ先生、校正さんと出版に関わった全《すべ》ての方々、引き続きこの本を手にとってくださった皆様、本当にありがとうございます。

カドカワBOOKS

悪役令嬢《あくやくれいじょう》レベル99 その3
～私《わたし》は裏《うら》ボスですが魔王《まおう》ではありません～

2020年５月10日　初版発行
2023年12月10日　３版発行

著者／七夕《たなばた》さとり
発行者／山下直久
発行／株式会社KADOKAWA
〒102-8177
東京都千代田区富士見2-13-3
電話／0570-002-301（ナビダイヤル）

編集／カドカワBOOKS編集部
印刷所／大日本印刷
製本所／大日本印刷

●お問い合わせ
https://www.kadokawa.co.jp/（「お問い合わせ」へお進みください）
※内容によっては、お答えできない場合があります。
※サポートは日本国内のみとさせていただきます。
※Japanese text only

Printed in Japan
ISBN 978-4-04-073642-6 C0093